Lino García Morales

El hombre que sabía volar

© Lino García Morales, 2021
© Luis Gómez Armenteros: De la serie Relato 2021. Imagen de portada

Impresión y editorial: BoD – Books on Demand
info@bod.com.es - www.bod.com.es
Impreso en Alemania – Printed in Germany

ISBN: 978-8-4137-3439-2

A Hugo, Héctor y Viki,
a la memoria de Rafael Valdés Moré (Chicho),
a la memoria de Raúl Ciro,
a Eduardo Mesa (Pachichi).

Loco no es el que ha perdido la razón, sino el que lo ha perdido todo, todo, menos la razón

Gilbert Keith Chesterton

Me gustaría perder la cabeza

−¿Qué te gustaría perder a ti, en el futuro?

−Me gustaría perder la cabeza.

−¿La cabeza? Si pareces un pollo sin cabeza.

−Pues, la perdería con gusto para poder hacer cosas que, teniendo cabeza, no hago, ni podría hacer.

−¿Como qué?

−Cosas locas, de riesgo extremo, cosas fantásticas (que no es lo mismo que fantasiosas), cosas imposibles... Si no tuviera cabeza, igual podría realizar todos mis sueños.

−Uy, los sueños, a veces solo tenemos eso... sueños; pero los sueños necesitan una cabeza. Cuéntame una sola cosa, la principal, la primera que harías o la que, por nada del mundo, dejarías de hacer.

−Pues... no sé. Casi todos mis sueños tienen que ver con la música. Creo que la música es mi medio para tramitar los sueños. −Joel mentía a medias. Era cierto que la mayoría de sus sueños tenían que ver con la música, pero había otra mayoría en la que solo había guerra. Se podría decir que una mitad era cielo y la otra infierno, que una mitad era amable y la otra desagradable, que una mitad era gentil y la otra hostil y también que no podría identificar hasta que punto una podría vivir sin la otra, ni cuánto esa dicotomía de su mundo interior era diferente, mejor o peor, a la del mundo exterior.

–¡Tramitar! Pareces un burócrata.

–Si –rio Joel–, en el fondo todos somos unos pequeños burócratas que vivimos *con un ratón entre las piernas* en una mierda de oficina sin buró –parafraseó parte del *blues del pequeño burócrata* que había compuesto G con letra de Mahfúd Massís.

–*Te salió una cola* –entonó G.

–Si, una cola un día pa' el pan, otro día pa' la leche. Otro día, ni pa' el pan, ni pa' la leche. Otro día una cola pa' el pollo y otro día, tampoco hay pollo. Me salen colas pa' to'. A veces hay cola y nadie sabe pa' qué –dijo como si meditara cómo seguir–; como si fuera una cola de esperanza de que haya algo. En mis sueños –se interrumpió y miró hacia donde el sol quemaba–, yo solo quiero un mundo sin esperanza donde, al final de la cola, haya algo.

–Bróder, cómo la extraño.

–¿A quién, a la Gorda? –Joel asintió con la mirada clavada en algún lugar de otra dimensión. Era una pregunta retórica. Joel cargaba con todo su peso desde el anochecer hasta el amanecer y viceversa. G no podría decir lo mismo; de hecho, intentó quemarlos con agua caliente por cantar en su balcón. Se libraron por poco, saltando como pudieron; pero sabía que, para su amigo, su madre era como un brazo, o un pie o una rodilla.

–¿Por qué tú pudiste hacerle una canción tan... tan, de pinga, y yo no puedo? –hizo una pausa para ordenar un poco los flecos de esos pensamientos enredados, rebeldes, secos–. Todos los días me lo pregunto. ¿Por qué yo no puedo escribirle una canción tan hermosa a mi pura?

–Porque yo la escribí para ti. Es tu canción de ella. Yo solo la saqué de ti y me alegro de que te parezca "hermosa", aunque sea al único que le parezca "hermosa" –respondió machando la palabra "hermosa" para disminuirla un poco.

A Joel se le aguaron los ojos, pero él sabe controlarlo. A él le entrenaron para ocultar cualquier rastro de humanidad. A él le enseñaron a llorar sin levantar sospechas y a matar sin culpa. El sufrimiento, escribió el instructor en una pizarra verde descolorida un día imposible de recordar, te hace vulnerable. *El odio como factor de lucha*, publicó el Che en un suplemento especial de la revista *Tricontinental; el odio intransigente al enemigo, [...] impulsa más allá de las limitaciones naturales del ser humano y lo convierte en una efectiva, violenta, selectiva y fría máquina de matar.*

–Sabes... el suelo es la frontera entre el cielo y el infierno. – G supone que este conocimiento no pertenece al adiestramiento, quiere creer que se trata de una metáfora; de esas que parecen tan evidentes, como falsas; que los sueños descansan o levitan sobre el suelo. Le mira con atención, quitando yerro a la frase. Parece que la oración termina aquí, que se trata de un solo párrafo, pero Joel solo almacena el oxígeno suficiente para explicarse–: A ver bróder, pa' arriba... el cielo, ¿no?; pa' abajo... el infierno; es como si la gente cuando muere y la entierran pasa de un lado al otro, pero mi madre... mi madre pesaba mucho y el suelo no se cierra tras ella. Es como si con su enorme masa tirara desde allá abajo.

–Te entiendo –susurró G para acompañar el monólogo. Fue como un pequeño acorde pianísimo después de una frase orquestal endemoniada. Joel entendía de cielo. Fue paracaidista de las Tropas Especiales. Tenía récord de salto en paracaídas (sobre todo, ajenos). Sabía de esquivar misiles en el aire. Sabía de muertes esperando. Sabía de tiros y de armas.

–Bróder, es como si fuera un agujero negro que, en lugar de cerrarse, se abre.

–Te entiendo bró... te entiendo –matizó de nuevo mientras seguía vibrando el estruendo que anuncia el final de un movimiento.

–Eso es lo único que perdería del pasado. Si se pudiera bró, pero no se puede –G lo miró pensando en el presente, en ese inmenso agujero en plena expansión, del que hablaba su amigo, que servía de puerta entre cielo e infierno–. Perdería el momento justo en que la Gorda se fue del aire.

Después cogió la guitarra y cantó esa canción que la traía dentro y, de cierta manera, cerraba el túnel entre cielo e infierno. Cantó con los ojos cerrados sin percibir que Duna se acercaba al grupo y se posaba a su lado, como si fuera aire. Cuando terminó, la mirada de Joel se cruzó con las lágrimas de Duna.

–¡Qué canción tan bonita! –le alabó apretando las manos una contra otra, para que no quedaran sin saber qué hacer–. ¿Es tuya?

–Si –respondió Joel–, pero la hizo este –dijo volviéndose agradecido a G–. La hizo para mí, para que fuera mía.

–Entonces, ¿cuál es ese sueño fantástico e imposible que harías si perdieras la cabeza? –preguntó G.

–Volar –respondió Joel y dejó que sus pensamientos se organizaran para decir algo coherente–. Yo sé volar, pero nunca he volado. Me gustaría volar… sin paracaídas y sin cabeza, pero con música.

Y sopló la brisa más fuerte y G sintió frío, aunque solo había calor y una voz cantó, desde un pliegue perdido de su alma, los versos de Raúl Ciro:

y que nadie me hale la manga
si me hallo tan alto

Si me hallo tan alto
que ya me pierdo

Quiero verte dormir Cuba

Todo el mar beberé

Ahora que ya no estás

De amarte ya te amaba
De desearte, siempre te soñé
De quererte ya te quería
Mucho más que en la muerte

Ahora vivo tan ausente
Desde que ya no sé dónde estás
Ahora todo es diferente
Ahora que ya no estás
Ahora que heredo tu tiempo
Ahora tu llama, tu luz
Solo es un trance fugaz

Me quedan tus recuerdos
La verdad de lo que no entendí
Un trueno de silencio
Un agujero inmenso

Duna

A Duna le gustaba Joel, pero jamás le diría que sí. Ella sabía que el amor, como escribió Bert Hellinger, exige un delicado equilibrio entre dar y recibir. Ella sabía que todo aquello que no es mutuo, resulta tóxico. Ella prefería amarle en sus cuentos de hadas, sin esperar nada a cambio. En todos sus versos, frases y relatos, Joel aparecía y desaparecía como una sensación especial, como un pequeño mundo carente de gravedad, como un estado vital limpio con pretensión de puro.

En la vida real, Joel lo perdía todo. Todo menos su amor; porque no lo tenía. Ella sabía que el único modo de estar a salvo era ese: una distancia métrica, tangible, donde no podían tocarse, ni entregarse; donde solo las miradas contenidas y el aliento sugerido, campaban a sus anchas.

Duna no quería saltar en paracaídas porque sabía volar. Ella planeaba en el cielo y se posaba en la tierra mientras Joel cantaba sin parar rebuscando bajo el suelo con su radar defectuoso. Ella se acercaba lo suficiente, pero no lo necesario, para que su amor permaneciera maduro y cuerdo. Ella se escondía de eso que llaman amistad eterna; un amor incondicional, donde el sexo estaba reservado a la soñolencia.

A Joel le gustaba Duna, pero jamás se le acercaría más allá de los límites que parecían pactados por defecto, por silencio, por prudencia. Duna era algo delicado y él era bruto. Duna era viento y él era piedra. Duna surgía y fluía en todas sus canciones de amor, en cualquier inspiración sublime de implementación vulgar; pero era demasiado frágil y él lo suficientemente destructivo. Él era un ladrillo que, en lugar de construir, destruía, aunque fuera de goma o espuma o inflable. Duna debía danzar entre acordes. Joel le seguiría queriendo sin amor; porque no lo tenía.

Joel sabía que, en lo enfermo de él, la rapiña también gira y gira en lo alto, que él llegaría hasta allí, hasta lo más alto para perderse, para perderla, para ver dormir la tierra antes de beberse el mar. Matías Pérez también soñó con volar y lo hizo, en su *Ville de París*. En su último vuelo a la inmortalidad, a pocos minutos de elevarse, una ráfaga de viento le llevó rumbo al mar. Los curiosos le dijeron adiós mientras se alejaba hasta convertirse en un punto en lontananza y desaparecer en el cielo. Unos pescadores lo vieron cruzar por el Torreón de la Chorrera, donde el río Almendares se une con el mar. Nadie más lo vio, ni supo de él. Joel sabía que verle perderse, que perderla, tenía sus riesgos, que volar era la única manera de verle dormir y ganar la inmortalidad.

Para Duna, la tierra era solo el lugar que da cobijo a las raíces de los árboles, el medio para sembrar y recoger donde el hombre planta edificios. En la vida real, Duna lo ganaba todo porque ella no quería nada. Ella sabía que el único modo de estar a salvo de la tristeza es la felicidad, de estar lejos de quien amas es estar cerca de ti, de disfrutar la locura es mantener la prudencia. Ella sabía que el sexo no estaba reservado para nadie, que era suyo.

Duna no se preguntó nunca de dónde salió la mala suerte de Joel a la que ella llamaba gafe, con cariño, y muchos de los que le conocían: tiñosa, malapata, cenizo, gato-negro, a su espalda.

Todo lo que podía explotar, en presencia de Joel... explotaba; como si fuese ley. Duna se limitaba a mantenerse a salvo; lo suficientemente cerca, lo necesariamente lejos, de ser un daño colateral. En su cabeza estaba a salvo. Mientras todo fuera abstracto, estaba a salvo. Joel jamás podría hacerle daño; al menos, conscientemente.

–Nunca había oído esa canción –le dijo cuando quedaron a solas, a la luz tenue de un farol olvidado–, es preciosa. ¿Por qué no la cantas más a menudo? Tú que no paras de cantar.

–Porque es muy triste –si no le conociera, igual se encogería de hombros. Nadie podría decir que le había visto llorar. Joel era risa, exuberancia, insolencia, profusión, desvarío. Joel maldecía a la tristeza como pocos– y muy personal. Cuando la canto me siento en cueros, vulnerable y... poca cosa. No es apta para todos los públicos. Puedo contar con los dedos de la mano quién la ha escuchado –sentenció y levantó tres dedos –Duna sonrió.

–G, yo y... ¿quién más? –Joel soltó una carcajada.

–¡Y yo!, claro –sonrió de nuevo–: que una cosa es ser poca cosa y otra nada.

Joel sonreía mientras Duna, con una leve curva en los labios, disfrazó una ternura muy parecida al dolor que le robaba el aire.

–Oye –continuó Joel, como si se tratase de un día diferente, de un lugar distante–, ¿tú crees en la suerte? –Duna lo miró con cara de: no, pero sí, en fin.

–¿Qué tu crees?

–Yo pregunté primero.

–A ver, ¿quieres oír la versión racional o la versión emocional?

–Las dos, pero una primero y la otra después –rio de nuevo.

–Ok, según mi apreciación racional, la mala suerte es solo un hecho improbable o muy poco probable. ¿Qué probabilidades hay de que te parta un rayo? Más o menos una de entre tres mil. ¿Qué probabilidades hay de que te parta siete veces? Una entre veintidós septillones.

–Eso no sé ni lo que es.

–Un número enorme; sin embargo, a más de uno le ha pasado.

–No jodas –Duna asintió con la cabeza.

–Si, así es. ¿Qué probabilidades hay de que grabes esa canción, un sello extranjero la comercialice y te hagas rico?

–¿Una entre mil septillones? –ahora es Duna la que ríe.

–Ojalá que no, pero ¿sabes cuál es la diferencia?

–Supongo que el rayo no depende de mí, ni de ti, y la canción sí.

–Así mismo. Si no lo intentas, no llegará a suceder –dijo y se ruborizó sin darse cuenta–. Jamás –sentenció. Joel hizo silencio, la digestión exige calma; quizá en eso difieren los efluvios.

–Te falta la otra, la apreciación emocional.

–Esa, como todas las cosas del alma, es más complicada de digerir, pero ya te la conté, es la que tiene que ver con lo que depende de ti; por eso, quizá, la gente tienda a confundirlas. Lo que no intentes puede pasar, pero con una probabilidad irrisoria, mínima, ridícula. ¿Cuántos billetes de veinte pesos te has encontrado en la calle? Yo, uno, en un parque. Cuando camino no suelo mirar al suelo; pero ¡vaya!, había llovido y evitaba pisar los charcos. Por eso lo vi. Por eso, y porque a alguien se le cayó. Eso es suerte. Pero si hago algún trabajo que valga veinte pesos y me lo pagan, no hay suerte que valga. Como cuando pagas un peso para entrar al cine y la película no te gusta. Ya lo has pagado. En este caso, la suerte es para el cine y la mala suerte es para el atrevido.

Joel adoraba su capacidad de conmoverlo. Era sabia y él tenía suerte, mucha suerte, de tenerla cerca contándole cosas acerca de la suerte. Él sabía de qué hablaba. Había saltado cientos de veces en paracaídas; había usado paracaídas doblados por otros; había estado en una guerra; había saltado al vacío y había sobrevivido. Pero todo esto era mucho más probable que Duna. Duna era toda la suerte que había tenido en su vida, aunque solo necesitara un dedo para contarlo y ella no lo supiera.

Nada cambió

Robert Todd Lincoln, hijo del presidente Abraham Lincoln, presenció el asesinato de su padre. Luego fue invitado a acudir a un evento del presidente James A. Garfield y, también, fue testigo de su asesinato. Otra vez fue convocado por el presidente William McKinley a la Exposición Panamericana y, de nuevo, presenció el magnicidio de la máxima autoridad. Desde entonces, por el bien de la nación, declinó la asistencia a todo tipo de eventos presidenciales.

¿Se podría decir que la presencia de Robert era una llamada al crimen presidencial o que la probabilidad de asistir a este tipo de eventos históricos era demasiado alta? La pérdida de tres hombres en una guerra no suele tener el mismo valor que la perdida de tres presidentes por homicidio voluntario. En cuestiones de estado, algunas vidas valen más que otras. En definitiva, si Robert no hubiese declinado a sus insistentes invitaciones, es probable que no hubiese sido invitado... por si acaso. Algunos, con razón, verían una manifestación de la improbabilidad y otros, sin razón, verían a Robert como una mano negra de la historia.

Cuando el leñador de Texas, Henry Ziegland, terminó la relación con su novia y la joven se suicidó, el hermano de la novia cadáver, echo una furia, persiguió a Ziegland hasta dar con él y dispararle en pleno rostro.

Eso creía, que le había matado y huyó todo lo lejos que pudo; sin embargo, la bala apenas le rozó la cara para incrustarse en un árbol. Tres años después, el culpable Henry decidió derribar el árbol de su fracaso con la bala aún dentro. No pudo cortarlo; así que decidió explotarlo con dinamita. La bala salió expulsada y lo hirió mortalmente en su cabeza. Cualquier cosa que hagas en contra de alguien puede volverse en tu contra. Es un suceso improbable, pero puede pasar.

Los asesinatos presenciales de Robert, según Duna, podrían tener una explicación racional, el auto-crimen del hermano de la novia cadáver, quizá una justificación moral. Pero solo son hechos casi imposibles que suelen confundirse con la mala suerte. Lo cierto es que Robert nada tuvo que ver con esos magnicidios (aunque merezca la investigación de cualquier detective que se precie) y la víctima de su propia explosión, sí. Si lo hubiera dejado correr, quizá moriría de otra cosa más mundana y menos esotérica.

La vida de Joel es un largo resumen de hechos improbables. Le dispararon miles de veces, le mordieron serpientes venenosas y enfermó de extrañas enfermedades, saltó al vacío casi como parte de una rutina, le alcanzó un rayo, se envenenó en dos ocasiones. De todos los sucesos de los que tuvo conocimiento salió ileso. Joel era un superviviente, pero todos a su alrededor, como los presidentes de los Estados Unidos, parecían condenados a la extinción. Su suerte, era una desgracia.

Todo fue inevitable. Todo lo que debe ocurrir, dada su pertenencia a la serie completa de posibles resultados de un evento aleatorio, ocurre. Con un gran número de oportunidades, cualquier cosa extravagante, sucederá. Lo más improbable a priori, termina con la mayor probabilidad por el simple hecho de la repetición. Todo se repite. Con un gran número de años por medio, se repetirá, como los errores, como la historia.

Lincoln y Kennedy fueron elegidos con cien años de diferencia, ambos fueron sucedidos por sureños de apellido Johnson; los que nacieron, a su vez, con cien años de diferencia. Sus respectivos asesinos también nacieron con cien años de diferencia y ninguno llegó vivo al juicio. A Lincoln lo mataron en un teatro y al asesino lo detuvieron en una tienda, mientras que a Kennedy lo mataron desde una tienda y al asesino lo encontraron en un teatro. La secretaria de Lincoln se apellidaba Kennedy y la de Kennedy, Lincoln. Quizá, hubiera un Robert invitado al magnicidio de Kennedy; pero, aunque parezca increíble, aunque algunos aseguren que son planes fraguados en el infierno, son de todo, menos increíbles. Son cosas del suelo, y de la enorme cantidad de probabilidades repartidas en medio de la vida de estos dos hombres. Un detalle importante: todas las coincidencias se establecen después de observar los resultados, no antes.

Aunque pareciera que Joel conociera los resultados a priori, desde el cielo, no era cierto. Él solo anotaba en su desvencijada libreta mental, el orden de las tragedias, no de menor a mayor, o viceversa, sino de aparición. Todo pesa. El cambio más insignificante puede provocar que ocurra el evento más improbable. Las tragedias y desgracias, aunque también son igual de improbables, las comedias y fortunas, se esconden detrás de miles o millones de variables que hacen, al mismo evento, el más probable de todos; aunque a las primeras le adjudiquen la mala suerte y a las segundas, la buena. Todo lo que se parezca, sucederá como lo mismo. ¿Cuál es el límite para considerar algo bueno o malo?, ¿lo mismo o distinto? Está claro que, lo que puede ser bueno para unos, resulte malos para otros. Los malvados se benefician casi siempre, mientras los imbéciles se perjudican, también, casi siempre.

Joel lo experimentó. Declinó cualquier participación voluntaria a un acto que creyó probable. Nada cambió. Decidió en contra de lo que parecía lo más racional. Nada cambió. Se lanzó a lo que parecía irreversible. Nada cambió.

Él parecía, en sí mismo, un evento improbable. *No te me acerques demasiado, por si acaso;* se convirtió en una de sus frases más probable. Supersticiosos y escépticos obraron según sus cánones, por si acaso; pero nada cambió. Los árboles siguieron reventando y los presidentes, víctimas de magnicidios, muriendo y Joel siguió perdiendo, poco a poco; con esa imprecisión entre una cosa y otra, entre lo probable y lo improbable, fue naufragando.

Si no lo intentas

Joel creía que el suelo era la frontera entre el cielo y el infierno, que el suelo era una especie de puerta entre un lado y otro; pero se equivocaba. El suelo era un limbo desde hacía ya muchos años, desde que todos sus conocidos se habían ido y los que no lo hubieran hecho estarían a punto de hacerlo y los que ni siquiera lo habían pensado, se irían. El suelo era el infierno suave donde la vida moría día tras día sin remedio, inexorablemente; era eso pesado que aspiraba a cielo y eternidad.

Joel no era un gafe, era solo un sobreviviente cuya misión era documentar el desastre; una especie de arqueólogo espontáneo poshistórico. Él solo pasaba por allí, en cada explosión, en cada magnicidio, en cada contracción de ese agujero negro invisible con tanta carga ideológica como mística. Él no era la causa, era solo el efecto por llegar que, mientras, debía experimentar la decadencia, la inanición, la barbarie, la destrucción total. *Si no lo intentas, no llegará a suceder*, le dijo Duna. Él había elegido y su elección, entendible o no, era simple. Él decidió quedarse. Él decidió cantar. Él decidió seguir. Él decidió vivir, aunque todo muriese a su alrededor, aunque nadie le escuchara, aunque todos se fueran.

Pacheco, otro de los que pudo contar con sus dedos; se hartó de lo mismo que él aceptó. *Me piro*, le confesó con esa cara seria que rara vez entendía de bromas, con la misma decisión con la que había apoyado todos los "esfuerzos" de supervivencia de la Revolución. La conversación fue breve, quizá para evitar que la herida se fuera de las manos, quizá porque era innecesario y todo estaba dicho.

–¿Pa' dónde?

–Pa'l yuma.

–¿Pa'l norte revuelto y brutal? –Pacheco no contestó. Sabía que la pregunta era retórica, una broma sin gusto; solo un mecanismo más de expresión de su amigo–. ¿Tienes a alguien ahí? ¿Tú sabes lo que es aquello?

–No, todo lo que tengo está aquí y no, no sé lo que es aquello, pero sé lo que es esto.

Joel no dijo nada más, solo improvisó una canción con tres acordes, como solía hacer a menudo:

Con-su-mismo, con su mismo pantalón
Con-su-mismo, con su mismo dominó
Con-su-mismo, con su mismo resacón
Con-su-misma, con su misma aspiración

Pacheco sonrió y un minuto después le hizo unos coros tan desafinados que Joel se detuvo.

–Si todos se van, ¿qué va a pasar entonces? ¿Me quedo de dueño de todo esto? Asere, me van a convertir en Robinson Crusoe. Parece que el naufragio es mío.

Pacheco no intentó convencerle. Cada marinero debía encontrar su barca, su brújula y su hora de zarpar. Muchas veces lo hablaron. La posibilidad de buscar una vida en otro lado era más que una posibilidad. Para muchos era la única posibilidad de ser persona de nuevo, o por primera vez. Emigrar, en un país que se arroga cualquier derecho de movilidad de sus ciudadanos, no es un artículo de lujo, sino de primera necesidad. Cuesta caro.

Algunos hipotecan su vida y otros la pierden. Algunos nunca consiguen sentirse del lugar al que llegan; demasiado frío, demasiado raro, demasiado extraño. Algunos cargan con la isla a cuestas. Algunos siguen muertos en vida, Coca Cola o Cerveza en mano. El limbo es devastador cuando se filtra en el alma. Pero algunos, consiguen ser persona y otros, menos quizá, consiguen ser mejores personas; esas que están mal de la cabeza y bien del corazón.

–Pache, vamo' a echarnos algo en el estómago, te invito pa' festejar que voy a ser el dueño del mundo.

–¿Dónde?

–En casa del lagarto. Vende unos panes con intriga que están de pinga.

Los dos caminan en silencio. Joel con su guitarra en la espalda. Pacheco con sus sueños en la cabeza. El aire huele a un extraño perfume hecho con brisa del mar y hierbas silvestres. No pueden embotellarlo, ni librarse de él; les perfumará para siempre; pesará más que cualquier prenda, aunque lo ignoren las alarmas de cualquier aeropuerto.

El lagarto pregunta: *¿Lo de siempre?* y Joel se limita a sacar un dólar del bolsillo: *Dame dos*. Esa es toda la conversación. Las palabras se han gastado como los edificios, como la educación, como la perspectiva. Lo muerden.

–¿Qué? –pregunta Joel–. ¿Esta bueno?

Pacheco rebusca en su memoria para compararlo con el sabor que dejó en su paladar alguna carne anterior. Asiente con la cabeza, con la boca llena.

–¿Qué es?

–Perro, carne de perro –contesta Joel sin mirarle a la cara. Pacheco escupe lo que tiene en la boca. Su cara se desfigura. Joel no se inmuta.

–¡No jodas!

–¿Cómo va a ser carne de perro comepinga? ¿Tu crees que estoy loco?

Pacheco levantó la tapa del pan y miró con detalle mientras saboreaba los restos que quedaban en su boca y olía con olfato de pastor alemán. Joel siguió con la tranquilidad de siempre y Pacheco probó con un bocado más pequeño, prestando atención a cualquier detalle gustativo. Las bromas de Joel casi nunca eran bromas.

Firme

–Bróder, cuando me establezca allá fuera... tú sabes, te voy a hacer un disco –Joel miró a Pacheco de soslayo–. Tú veras, hombre de poca fe.

Siguen caminando a ninguna parte, como solían hacer para encontrarse con el calvo o con G, cuando dos policías orientales les detienen el paso:

–Ciudadano. Carné de identidad –ordena uno de ellos cuadrándose delante de Pacheco, que se apresura a meter la mano en bolsillo de forma obediente. Joel no se mueve. Mira a los ojos de los agentes. Aguanta la mano de Pacheco antes de sacarla y con voz de mando militar ordena los agentes:

–¡Atención!, ¡fiiiiirme! –los dos nagües se cuadran y hacen el saludo militar; entonces, en posición de no respiro, aunque me muera, y manteniendo la ceremonia, Joel les advierte–: Fíjense bien a quien le piden carné –después de una leve pausa en la que parece buscar la mejor reprimenda, ordena–: Continúen.

Los dos policías se alejan con aire de marcha. Pacheco intenta aguantar la risa.

–¿Tú los conoces?

–No. Primera ves que los veo.

Pacheco rio, fue su reacción no condicionada; un segundo después se preocupó:

–¿Todo bien?

–Todo bien –afirmó–. El pan con perro me ha dado ganas de cagar –Pacheco tuvo una arqueada.

Apenas dos años atrás, Joel puso firme a toda su familia. Su intención era que se mantuvieran tiesos hasta que uno de sus hermanos le trajera a G. Su hermano, oficial de la contrainteligencia de profesión, lejos de obedecer su orden, intentó inmovilizarlo. Joel le pegó una mordida en un brazo y le arrancó medio bíceps. Lo redujeron entre todos y algún que otro vecino. Horas después, le ingresaron en una clínica psiquiátrica del Ministerio del Interior. La secuencia de acontecimientos fue tan demoledora como invisible: guerra de Etiopía (nadie sabe nada de lo que allí ocurrió), ingreso en Tropas Especiales (recolección de cadáveres por accidente de avión, record de saltos en paracaídas, nada sabe nada más de lo que allí ocurrió), fallecimiento de su madre (nadie imagina lo que ocurrió en su interior), colapso total.

Incluso G lo atribuyó a una mala racha hasta que lo vio en aquel hospital de lujo cercano a La Estrella. Allí se encontró al líder estratégico de la pandilla, al temerario, al súper dotado para el riesgo y la acción, al súper héroe, reducido a guiñapo humano. Ahí estaba el hijo sin mole derrotado, el soldado condenado inmune a los desastres de las guerras. *Tú programas y esas cosas... y yo tiro tiros*, le dijo una vez a G. Al verlo, G sintió que ese agujero del que Joel hablaba se abría bajo sus pies y succionaba. Allí estaba el hombre que dejó de ser él mismo desde la muerte de la Gorda, su madre. Dejó de dormir, dejó de acatar órdenes, dejó de tocar la guitarra, dejó de cantar. Joel se convirtió en un hombre mirando al sudeste, en un hombre mirando al vacío, sobre el vacío, en el vacío.

–Aquí están todos los locos del Ministerio del Interior: los de la Seguridad del Estado, los de Tropas Especiales, los de la Policía. Aquí está *la crème de la crème*, la locura más peligrosa – le confesó nada más verle en su habitación de aquella clínica-hotel de lujo.

Había descubierto sus poderes ocultos, sus propiedades extrasensoriales, sus capacidades innatas. Se podía parar de cabeza sobre un dedo, podía escribir sonatas y sinfonías, podía nadar entre las nubes. *Soy un superdotado*, dijo convencido. *Soy un genio, como Beethoven o Bach*. Había un desastre en la secuencia que no pasó por alto para G. El derrumbe del muro del Berlín, la desintegración de la Unión Soviética, la devastación de Cuba. Lo último invisible hasta entonces, solo a la luz de los superdotados. Ese día se tiró de cabeza por encima de una barandilla desde la cuarta planta del hotel-psiquiátrico. G pudo evitar el desastre agarrándolo por un tobillo. Joel no pudo demostrar sus poderes. Ni su hermano G se lo permitió. *¡Déjame coño!*, *¡no tengas miedo!*, *¡no me va a pasar nada! ¡Déjame demostrártelo!*, gritó y pataleó, pero nadie le dejó. Nadie confió en sus dotes de Bach, Einstein o Superman.

Por aquellos días consumió más sedantes que un caballo, que un elefante, que una ballena. Por aquellos días, que ahora parecían tan lejanos, Joel murió. La locura fresca, sana, exuberante, vital, se convirtió en una locura clínica de la que no se libraría jamás. A partir de entonces no dio igual si lloviera o el cielo estuviera gris o azul. A partir de entonces los días fueron negros y rojos y espesos y densos y largos y anchos e interminables. Ese día G compuso una canción para él. Una canción que tardó semanas en oír y meses en escuchar.

Si

Si te sembraste flores en la luna
Si una neurona echó a rodar, más
Si das respuesta a todas las preguntas
Si al fin hallaste tu lugar

Las alas se abren de cualquier espina
Si tu garganta rompe un ras
Si tú llegaste y se juntaba el día
Si tú multiplicaste el sol

Si te fugaste dentro de un eclipse
Si en una ola echaste el mar
Si a medianoche viste una mañana
Si te soñaste algún color

Bailemos juntos en cualquier esquina
Tiremos ganas al cielo
Que nuestra lluvia arrastre todo miedo
Que el aire tiemble de pudor

La tristeza es una enfermedad de transmisión sexual

Durante aquellos días, mover la mandíbula para masticar se convirtió en una verdadera epopeya, contener la saliva un trabajo de Hércules, articular un murmullo inteligible la virtud de un Titán. Todo empezaba a desmoronarse, incluso él. El cielo se caía, la tierra se hundía; aunque todo permaneciera quieto, con esa apariencia inmutable que presagia un cataclismo. La verdad, en forma de mierda y esperpento, desparecía por los inodoros de toda la URSS y en La Habana, solo se escuchaba el ruido de la descarga y se olía la fetidez de la parálisis.

Los rusos dejaban de ser amigos en discursos dignos de Cantinflas. El gobierno había retirado de circulación la revista Sputnik, una versión socialista de la Reader's Digest; también las hasta entonces aliadas Misha y Novedades de Moscú. La Perestroika lo inundaba todo. Parecía que *Un hombre de verdad*, de Boris Polevoi, era en realidad *Un hombre imaginario*. Los lemas de la perestroika: *uskorenie* (aceleración, referente a la economía), democratización (referente al ámbito político-social) y *glásnost* (que podría ser traducido como *transparencia* o *franqueza*, es decir, la liberalización del país, como la libertad de prensa) hacían temblar el débil sistema de creencias ideológicas inyectado en vena durante todo la formación educativa y los inflamados discursos de futuro.

Las promesas no habían sido cumplidas; pero, lo peor, es que jamás serían cumplidas. Los soviéticos habían fracasado. El socialismo había fracasado. El Fidelismo (socialismo tropical adaptado) había fracasado y ahora era de dominio público. Nadie sabía qué ocurriría, cuál sería el siguiente paso, pero todos sabían que sería en dirección contraria, que sería en dirección al fracaso, a la desolación, al desamparo.

Joel no se miraba en la URSS, sino en Cuba. La URSS se desintegraba; pero, quizá, para nacer en algo mejor. Cuba se desinflaba; pero, seguro, para morir en algo peor. Sentía eso que no podía transmitir con palabras porque las había perdido. Quería levantarse para, con sus poderes, agarrar el timón y cambiar el rumbo de la historia, pero era una estatua de sal y arena. No de bronce o mármol, sino de escombros. Joel, Pacheco, G, la pandilla se desintegraba como la gran nación y como la pequeña y trágica nación que se veía gigante. *La tristeza es una enfermedad de transmisión sexual* y, como el SIDA, se propagaba derrochando pánico. Estaban asustados, tristes y vendidos; aunque entonces no fueran del todo conscientes.

Pacheco fue el primero en mirar al norte. No porque fuera pro-yanqui, no porque fuera anexionista, no porque fuera consumista, sino porque la distancia más corta entre dos puntos es la línea recta. El tramo más corto entre La Habana y Miami es el cruce del estrecho de la Florida con su corriente del Golfo en perpendicular, atravesada, desafiante. Lo más cerca entre un mundo y otro era una balsa, un improvisado neumático de tractor, unas tablas sobre unos bidones, un engendro anfibio que no se hundiera en medio. Pacheco no lo dijo, pero fue el primero que lo vio. Se calló porque incluso Joel o G podían delatarlo, porque ya nadie sabía quién era quién, porque cuando todo se desintegra, solo se salva el que alcanza a agarrar una tabla y consigue mantenerse a flote.

Duna no existía entonces; era solo un suspiro que pasaba como los vientos alisios por entre los edificios. Duna era un toque especial a aquel perfume. Pacheco la conocía; fue él el que la presentó a Joel, pero en La Habana del Este las zonas urbanas eran casi como los antiguos países que formaban la URSS, amigas y enemigas a partes iguales, encubiertas, veladas.

Los tres iban mucho al mar, a la costa. Allí podían cantar sin molestar a nadie y enseñarse canciones prohibidas de The Beatles. Allí podían ser, por esos ratos, libres. Allí tenían solo a las olas chocando con las rocas, el mar y una sensación de otro mundo en el horizonte. Allí tenían donde crear, ensayar y respirar sin interrupciones. Allí estaban a salvo. Pero, cuando Pacheco apareció un día con ella, solo cantaban él y G. Joel era una piedra colocada a salvo, un oyente sordo que tarareaba en sus recuerdos, una página borrada, una interrogación con apariencia de respuesta.

Duna sintió ternura por Joel. Fue como un imán de alta permeabilidad magnética y un hierro destrozado en chatarra. Los dos eran tímidos, reservados, cautos. Los dos se habían mirado uno al otro mucho más de lo que creían. Los dos se conocían desde tiempos remotos; pero no lo sabían. Ahora que estaban tan cerca, todo se había retirado sin permiso, sin condescendencia, sin miseria. Ahora todo debía esperar como el techo de una casa en medio de un ciclón o un garaje habitado en un aguacero de mayo, o una antena en plena tormenta eléctrica. Joel estaba acabado y nadie sabía, ni siquiera Dios, qué sería de él en su próxima vida. Solo cabía esperar. Esperar y paciencia.

Hombre mirando al vacío

Joel no era un *hombre mirando al norte*, sino un *hombre mirando al vacío*. Ya no era necesario mantenerlo atado a una silla. La medicación es más eficaz que una cuerda. Sentado en su silla y bien atado, sus hermanos lo movieron de su habitación al baño, del baño a su habitación, hasta que se sintieron a salvo. Joel era más objeto que sujeto, más aura que huella. Las visitas de G se convirtieron en eternos velorios. El hombre muerto en vida, su amigo llorando; a veces solo, a veces acompañado por Pacheco, a veces en su ausencia. G pensó que ese sería su último recuerdo; pero, como un niño que aprende a caminar, un día apartó la baba y pronunció su primera frase: *¿Qué bolá?* G tuvo ganas de correr a avisar a toda su familia, pero no lo hizo. *Tremenda zurna,* le dijo sin responderle y Joel sonrió con la mejor mueca que encontró en el cajón de sus recuerdos. No estaba muerto. La esclerosis trófica del alma, la enfermedad que le había diagnosticado G, empezaba a remitir.

El tonto en la colina, que ve como el sol se esconde y los ojos en su cabeza, que ven al mundo dar vueltas, despierta para que todos los que quieran, puedan conocerle. El hombre con la cabeza en una nube, el hombre de las mil voces que habla perfectamente alto, pero nadie lo escucha, da sus primeros pasos. Eso parece.

G coge la guitarra, toca una canción de The Beatles: *Something.* Joel sonríe. *Hay algo en la forma en que se mueve,* empieza la canción y los dos perciben que, aunque sea leve, imperceptible apenas, es algo, una señal de que The Beatles no se ha ido del todo, que irse es similar a volver.

Joel nunca más fue Joel, el de Pacheco y G. Volvió como vuelven los derrotados de la guerra o los peces en la red. Distante, inexpresivo, apagado, mate. No obstante, regresó, aunque no hubiera una Penélope esperándole. Duna era solo una buena noticia, una acompañante, quizá, de su viaje de vuelta. Cuba no era la misma. La Habana del Este no era la misma. La costa no era la misma. Joel no era el mismo. Pacheco no era el mismo. G no era el mismo. Solo The Beatles era el mismo, aunque ya sus canciones no significaran lo mismo para ellos o siguieran sin tener claro cuáles canciones seguían prohibidas y cuáles no.

Dices que tienes una solución real
Bueno, ya sabes
A todos nos gustaría ver el plan
Me pides una contribución
Bueno, ya sabes
Todos hacemos lo que podemos

Joel volvió a tocar la guitarra, volvió a cantar y volvió a componer. Volvió a decodificar las señales como una radio destartalada después de una reparación. Sus circuitos se reconectaron como pudieron y su cuerpo funcionó mejor de lo que se esperaba. Pudo rehacer su vida como el corredor al que le amputan las dos piernas, o el compositor que pierde la audición o la embarcación que vara sin velas. Pudo renacer en una versión desmejorada de sí mismo, similar y diferente. Poco a poco, pasito a pasito, como una vez lo hizo sin que le nadie le enseñara.

Joel volvió a un estado intermedio entre la vida y la muerte y se encontró que la mayoría de los que le rodeaban ya vivían así. Ya eran zombis antes que él. Él regresaba a un estado nuevo y desconocido al que la mayoría del resto de la población había llegado sin una secuencia traumática intermedia: poquito a poquito, pasito a pasito, sin notarlo, sin comerlo, ni beberlo. Se podría decir que ahora estaba completamente integrado, aunque sus amigos rebeldes siguieran en ese estado de cosas del que provenía. Regresó como un extraterrestre a un planeta distinto en el que le esperaban los mismos que dejó. Fue una sensación extraña que él, en su acolchado cerebro, percibió como un aletargamiento, un estado de somnolencia crónico, de ceguera irreversible. Tenía lengua, tenía orejas, tenía ojos, pero no podía hablar, ni oír, ni ver. Los tres monos sabios se habían reunido en él en forma de escultura cárnica.

Aprendió a vivir sin su Gorda, sin guerras, ni ejército, ni campo socialista, ni revistas, ni periódicos, ni papel higiénico; aunque no, con exactitud, en secuencia, sino de golpe. Todo llegó junto. Su renacimiento comenzó con la muerte de todo a su alrededor. Ahí, en aquellos tiempos, empezó su mala suerte y su nueva vida.

Dices que quieres una revolución
Bueno, ya sabes
Todos queremos cambiar el mundo
Me dices que es la evolución
Bueno, ya sabes
Todos queremos cambiar el mundo

Yo me quedo con mi Somatón

Después de romper varios vasos, de verterse el agua con azúcar encima, de mearse despierto o de olvidar dónde estaba, las manos de Joel dejaron de temblar, su sistema urinario se reeducó y las cuatro paredes de su encierro mostraron sus mejores colores, afiches y geometrías.

Pacheco y G le visitaban a menudo, a veces juntos, a veces separados. Le leían, cantaban o conversaban y, cuando se aburrían, se marchaban cada uno a sus cosas. Pero Joel empezó a hablar y a preguntar y a enterarse de lo que pasaba. Lento, torpe, titubeante, empezó a andar por su cuenta y, entre tanta oscuridad, la lucidez apareció en forma de destellos (tímidos, relampagueantes) hasta adquirir forma de linterna. Se enteró, casi de golpe, de la desaparición de la URSS, del fin de la guerra fría y del inicio de la opción cero (el fin de la economía cubana).

Un día, Joel pidió su guitarra. Nadie lo esperaba y nadie la encontró por toda la casa. Cuando llegó su hermano contrainteligente, fingió sorpresa; aunque, por fin, dio una respuesta.

–La vendiste –dijo–. ¿No te acuerdas? –Estaba claro que Joel no se podía acordar y también que no la podía vender. Podía venderlo a él primero, antes que a su guitarra. Joel no dijo nada. Primero miró al infinito por esa rendija de cielo que tenía desde su habitación. Luego le pidió ayuda para levantarse.

–¿Dónde decías tú que te mordí? –le preguntó a su hermano–, ¿en qué brazo fue? –Su hermano señaló con desconfianza el lugar donde una vez le arrancó medio bíceps. Joel le pidió con una tranquilidad absoluta–: Déjame ver el otro –y su hermano obedeció como un niño pequeño que no tiene opción. Fue entonces cuando Joel, con la ayuda de algún ser nativo de donde quiera que habitara, se lanzó a morderle como un perro rabioso. Por fortuna G estaba presente y pudo colaborar en separarlo de su presa, pero el desgarro fue aún peor. Joel tenía los ojos inyectados y la boca manchada de sangre. Apenas podía tenerse en pie, solo la furia le mantenía. Su hermano salió corriendo y gritando y despareció por el vecindario; quizá en busca de ayuda o de un enfermero dispuesto a unir lo que el diablo separó.

Joel se desplomó en su silla y se desmayó. El esfuerzo había sido descomunal. Pacheco llegó en ese momento:

–¿Qué ha pasa'o? –preguntó asustado.

–Luego te cuento. Corre, busca alcohol –le ordenó G y Pacheco cumplió con extrema diligencia y entre los dos, mientras uno lo sostenía para que no terminara en el suelo, el otro se quitó el pullover, lo empapó con el líquido y lo plantó en su cara. Segundos o minutos después, Joel abrió los ojos.

–Lo voy a matar –sentenció.

Y estaba dispuesto a cumplir su promesa; tanto, que su hermano tuvo que mudarse a la casa de un pariente lejano. Poco tiempo después, sin ninguna explicación, lo apartaron del Ministerio del Interior (la Revolución lo necesitaba en el Ministerio de la Agricultura) y sus otros hermanos le señalaron con el dedo, no sin guardar una distancia prudente. Llamaron a la clínica y, sin ni siquiera consultarlo, le aumentaron la dosis de medicación. Cuanto más zombi menos peligroso. Así que Joel volvió a un oscuro punto de partida donde las cuatro paredes de su encierro eran grises con manchas negras con forma de gusanos flácidos y laberínticos.

El viaje duró otro trimestre; de esos exhaustos donde ni siquiera el gobierno se atrevía a sobrecumplir cualquier plan de producción, los apagones se convirtieron en alumbrones y la vida en una parodia de la muerte. Fueron días difíciles para todos, pero Joel regresó. Joel sabía volver, aunque nadie supiera hasta cuando. Volvió y, es curioso, volvió de otra manera distinta a la primera. Esta vez algo más energético. Como un muñeco mecánico, se activaba hasta que se le acababa la cuerda. Los movimientos eran algo más fluidos; como si rellenasen más puntos en el espacio que antes. Las babas pasaron a la categoría de anecdóticas y empezó a caminar; con las paradas necesarias, pero echó a andar.

Desde la clínica le forzaron a mantener una especie de terapia con otro convaleciente de esa guerra invisible a la que algunos llamaron fría, otros interna y otros ni siquiera insinuaron denominarle guerra. El otro veterano era más joven y estaba más perjudicado. Joel acudía a su cita en el parque, con ayuda de Pacheco o de G, y se sentaba en un banco a esperar. Si ya estaba el sujeto, que gozaba de una silla de ruedas, esperaba a que pasara el tiempo reglamentario: al menos media hora. Si aún no había llegado, esperaba religiosamente un cuarto de hora para marcharse. Nunca intercambiaron ni una sola palabra, ni una mirada; nunca hubo la menor complicidad. Se trataba de dos juguetes sin pilas o desconectados, bajo la atenta mirada de los adultos que fingían jugar a ser niños; uno en su banco, el otro en su silla. Nunca, ni Pacheco, ni G, intercambiaron palabra alguna con la mujer que lo traía, a la que suponían su hermana por el parentesco. Estaba prohibido y era parte de las reglas de juego de aquella extraña terapia.

Joel obedeció todas las órdenes con disciplina. En los días de asueto o ausencia de terapia, podían pasear un poco por el barrio o ir a la costa, un poco más lejos, a cantar y tocar guitarra; aunque solo lo hicieran Pacheco y G.

Él se limitaba a escuchar, sentado donde le dejaban, quieto como una estatua, ajeno como una tumba. En uno de esos días, Pacheco confesó su intención de irse del país. Corría el año 1994.

–Han abierto la costa para que todo el quiera irse, se vaya –tanteó.

–Si, me acabo de enterar; aunque parece que todo el mundo lo sabe –dijo G–. Tú te piras, ¿no? –soltó a bocajarro. Pacheco se sobresaltó. El más mínimos desliz podía marcar un destino más cerca del de Joel, que del de G; pero, ellos eran sus amigos de niñez, los de toda la vida. Si no podía confiar en ellos... ¿en quién entonces?

–Si bró –respondió con decisión–. Yo me piro. Ya tengo mi reserva en un bote en Cojímar, con una gente que conoce el Piraña. ¿Y tú?

–Yo también, ya lo sabes. Me voy a estudiar a Madrid.

–Ya, pero ¿es definitivo o no?

–No lo sé –respondió G cansado, con un cansancio general, acumulado, mastodóntico–. Voy por un año. No tengo ni idea de lo que me voy a encontrar y a lo mejor las cosas cambian aquí en ese tiempo. ¿Quién sabe?

Joel no pronunció palabra. Seguía con su vista clavada en el agua donde no había más que incómodos reflejos.

–Esto no va a cambiar ni pinga –aseguró Pacheco–. Y si cambia... será para peor.

Los tres aguardaron silencio. Disfrutando de lo que podría ser el último momento de estar juntos, la descarga definitiva, la improvisada despedida. Solo hubo silencio y el suave ronroneo del viento y las olas. Así estuvieron quien sabe si un cuarto de hora, media hora o una hora entera. Así estuvieron hasta que Joel habló:

–Yo me quedo con mi Somatón.

Lista negra

Pacheco se fue, como prometió; aunque su aventura migratoria duró menos de 24 horas. Se produjo un altercado que, dada la precariedad de la embarcación, volcó. Por fortuna, nadie murió y por suerte, les rescataron, los llevaron a una estación de policía a pasar la noche y, después de un largo interrogatorio, donde todos los escapantes aseguraron que les movía un motivo económico y no político, les mandaron a sus casas. La rutina de estos procedimientos es tan simple como eficaz. Todo el mundo sabe que existe una lista negra; una improvisada base de datos mecanografiada o escrita que numera a cualquier posible enemigo de la Revolución. La mayoría de los compañeros de Pacheco figuraban ya en esas listas; no por disidentes, con precisión, sino por delincuentes; con señalamientos que no llegaban a cargos por esos pequeños delitos que toda la población cometía día a día; tantos, que pasaban a ser considerados no delitos, u operaciones de supervivencia. Los cometían hasta los mismos que elaboraban y gestionaban las listas. Todos es todos, y en esta nueva etapa "cero", cercana a un agujero negro, la lista no cabía en ningún libro, expediente o archivo. En definitiva, para todos, la isla en sí ya servía de prisión; como esos zoológicos donde los animales se mueven en libertad por un recinto clausurado. Esas listas servían como la identificación que marcan con fuego los ganaderos en la piel de sus reses.

Pacheco no estaba en la lista negra; no porque no delinquía (con esos delitos leves de supervivencia: hurto, estafa, apropiación indebida, coacción, omisión del deber de socorro, daños por imprudencia menos grave o lesiones), sino porque no disentía. Pacheco regaló su guitarra a su hermano Joel, como recuerdo o herencia, quien sabe, y ahora, en la nueva situación debía pedírsela prestada; pero no lo hizo. El propio Joel le recordó que él solo era una especie de guardián y que podía llevársela cuando quisiera. Pacheco no se la devolvió. En definitiva, ambos solían tocar juntos. No supuso un problema.

Uno de los tres hermanos, que aún compartían la misma casa, prohibió la entrada de Pacheco. Les "perjudicaba". El amigo de toda la vida, ahora que estaba en la lista negra, suponía una pérdida de puntos, una debilidad revolucionaria, un posible motivo de represalia, represión o revocación; suponía una marca en la puerta, un señalamiento. Lo poco que tenía, en definitiva, podía reducirse a menos; incluido los exiguos derechos como individuo. Joel fue expedito: *Bajo mi cadáver... o bajo el tuyo.* Así que, apenas una semana después, el propio hermano se exilió en casa de una novia cuyo marido si pudo conseguir su meta de irse en una balsa; con suerte, cuando la reclamara, él podía quedarse con el cuartucho en pleno San Isidro.

G partió en un avión el primero de enero de 1994. Él que no se iba, se fue y regresó dos años después, pero no de manera definitiva, sino de vacaciones. En ese año, Pacheco y Joel cumplieron unos diez años y los tres amigos se reencontraron como si el tiempo solo fuera una ilusión. Entre la partida infructuosa de Pacheco y la salida olímpica de G, Joel había mejorado tanto sus capacidades locomotoras, que pudieron volver a la costa a "descargar", aunque su protagonismo se redujera a ser el único público. Formaban una especie de triángulo de tipo indefinido y cantaban mientras Joel alternaba su mirada entre el mar, Pacheco, G o ninguna parte.

Fue en esos días que apareció Duna. Pacheco la conocía. Joel y G le esperaban en la costa y ella no opuso resistencia a la invitación. A Pacheco le gustaba; pero a Pacheco le gustaban todas las mujeres y a Duna le gustó Joel. No de manera exacta en la que una abeja se siente atrapada por una flor, sino en una especie de ternura, de imposibilidad, con sentimientos encontrados de tristeza. Más bien le sedujo como atraen los clavos a los imanes, con sabor a hierro. Duna desdibujó el triángulo en una especie de trapezoide irregular con dos espectadores que, con la marcha de G, regresó a una renovada posición de equilibrio donde Joel volvía a cantar.

No fue fácil; aunque los dedos tienen memoria, la amnesia es otra enfermedad de transmisión sexual. Poco a poco llegaron sus canciones y también las de Silvio y las de The Beatles, es curioso, mientras más canciones llegaban, más se suavizaban los movimientos robóticos, más recuperaba la elasticidad facial, capaz de recrear nuevas emociones, más dejaba de ser un mazacote de órganos para recuperar lo que una vez fue un atlético organismo.

Joel se recuperaba mientras perdía hermanos. A Pacheco le costaba reencontrar su lugar. El país no encontraba su rumbo y sus hermanos de sangre, todos hijos de la Gorda, fueron desapareciendo uno a uno hasta quedarse solo. Uno murió de cáncer de pulmón de manera fulminante. Otro desapareció en un ciclón. Otro se perdió de todos los radares (quien sabe si debido a la tradición contrainteligente familiar o a un inédito escape mercenario). Joel tuvo para sí una casa en la que llegaron a dormir más de diez familiares entre madre, hermanos, cónyuges, sobrinas y sobrinos; pero él, como un náufrago en su propio hogar síquico, siguió recluido en su isla solitaria: una habitación pequeña que contaba con una pequeña cama, una silla y un pequeño rincón donde dejar la guitarra de Pacheco; ahora, supuestamente suya a causa del malogrado intento de exilio.

Todo fue duro, desde el amanecer hasta el anochecer. Tuvo que salir a buscar comida como todo buen ciudadano. Tuvo que lidiar con los cada vez más largos apagones. Tuvo que dejar ir a muchos conocidos. Tuvo que sufrir el envejecimiento prematuro de toda su generación y la senilidad perpetua de un régimen que no era ni socialista, ni capitalista, ni mucho menos comunista. Fidelista, decía él, con su autoridad demencial y todos miraban hacia otra parte, le mandaban bajar la voz o corrían. Entre tanta soledad, Pacheco y Duna eran sus únicas referencias. Pacheco cada vez más flaco y perdido. Duna cada vez bella e inalcanzable.

–Nunca te he preguntado qué estudiaste.

–Es verdad, nunca ha hecho falta –sonrió Duna.

–Tampoco te he preguntado en qué trabajas.

–También es verdad. Supongo que tampoco ha hecho falta.

Joel se miró por dentro. Ella lo sabía todo de él y él no sabía nada de ella. Él iba desnudo y ella vestida.

–¿Te lo pregunto?

–No hace falta, pero te lo respondo. Soy psicóloga y trabajo para la iglesia.

Mi amor

Ya no te puedo amar
Tú nunca serás domada
Eres simplemente la ilusión
de una noche de fiesta

Como me hubiera gustado
tenerte en mis brazos
Como me hubiera divertido
estando a tu lado

Ya no te puedo amar
aunque el tiempo pase
Y te quedes
vagando en mis recuerdos

Como me pongo de triste
Cuando pienso en el pasado
Porque te vienes a mi mente
Y me torturas la memoria

Yo traté de ofrecerte mi corazón
Tú preferiste despreciarlo
Como parece de tonta esta canción
Así te pareció mi amor

Composición de Chicho Valdés

El ángel caído

Duna estuvo en la lista negra de Joel durante largos meses, que duraron años. Se sintió traicionado, como si hubiera sido enviada por la Seguridad del Estado y no traída por Pacheco. Duna intentó explicarle, pero no hubo manera. Se fue con su corazón roto lo más lejos que pudo a seguir rezando por él. Joel se encerró en su infierno con el cuerpo desecho. Fue todo irracional, pero nadie estaba en condiciones de exigir racionalidad a Joel, ni siquiera a Pacheco o a la mismísima Duna. Todo era irracional. Zombis vigilando a zombis, a su vez vigilado por otros zombis. Hambre, necesidad, decrepitud. La existencia de Joel se derrumbaba, a tono con el entorno. La realidad caía a trozos, como el muro de Berlín (aunque no se salvara nadie). La ideología se deshacía en menudos pedazos (aunque pareciera a salvo). El futuro se alejaba, corría como caballo desbocado a ninguna parte. La esperanza... era lo único que flotaba, que se resistía a la desaparición, a la inanición. La gente se apropió de las áreas verdes que les rodeaban, antes de la comunidad, y sembró lo que pudo para alimentarse, intercambiar o vender. Algunos improvisaron talleres mecánicos o casetas de zinc y lata oxidada que servía para cualquier cosa. De pronto, comunidad primitiva, latifundismo y capitalismo, flotaban como balsas para el desesperado "socialismo". *Sálvese quien pueda*, era la máxima que nadie se atrevía a confesar y todos a profesar. Se acabó el querer. ¿Quién lo diría?

En la televisión, poco o nada se decía al respecto; los noticiarios repartían culpa entre todos los enemigos de la Revolución (externos) y también internos (chivos expiatorios), los planes se seguían sobrecumpliendo y la apuesta gubernamental subió la parada: resistir o morir. Había llegado el momento de morir porque morir por la patria es vivir. Tantas décadas preparando al personal para ese momento y ahí estaba, tocando la puerta, asomando la cabeza. Más que un sistema social, la población aceptó la sensación de pertenencia a una gran secta cuyo sacrificio estaba escrito en las tablas sagradas de la moralidad comunista. Fue una época extraña en la que todo estaba roto y la palabra esperanza se convirtió en sinónimo de emigración, revolución en contrarrevolución (aunque muchos le considerasen mayor antigüedad), justicia en engaño e ideología en fe.

Pacheco lo intentó de nuevo con Duna, pero esta ya tenía novio. Un "ganso", en sus propias palabras y con todas las connotaciones peyorativas conocidas, amigo de la Iglesia. Creer en Dios se puso de moda. La mano de Orula dejó de ser un secreto a voces. El destape religioso fue tan irrefrenable como la desobediencia urbana. La pregunta que rondaba en la cabeza de cada uno era: ¿desde cuándo?, no ¿por qué? o ¿hasta cuando? Lo cierto es que Duna fue católica desde siempre y, solo ahora, en esta nueva coyuntura, había salido del clóset de la fe. Nadie podría castigarle por eso, porque ya nadie tenía mucho más que perder, incluso el propio régimen y lo que no se conoce no se sufre (y quizá no haga daño, sino bien). La policía y los jueces, el orden y la ley, también eran parte de ese alguien cuya única preocupación diaria era comer (algo masticable que pudiera ser considerado proteína), dormir con un ventilador (en caso de tenencia, muy importante, que no se fuera la luz), bañarse (llegar a tiempo para cargar agua y racionarla sobre el cuerpo con una lata o jarro desde el cubo) y sobrevivir (engañar a la muerte, acostarse con ella y morir solo un poquito cada vez). Sobrevivir a estos tiempos oscuros llenos de luz... era la meta reservada.

Pacheco visitaba a Joel a menudo. Le llevaba algún boniato de los que conseguía para él y los suyos, algún huevo y con mayor dificultad algún muslo de pollo. Nunca le habló de Duna, de su pena, porque él no era de los que se rendía con facilidad. Él aún tenía la esperanza de que Duna se fijara en él; a pesar de Joel, a pesar del sapingo santurrón, a pesar de todo. No hablaban de nada o de casi nada entre ellos. No había nada de qué hablar, salvo de alguna noticia de G o del más allá. Una tarde hueca de verano, Pacheco llegó y le encontró en el suelo de su habitación con un cinturón rodeándole el cuello y una cuerda partida apuntando desde donde se suponía colgaba una lámpara. Estaba morado, pero seguía vivo. Había conseguido sobrevivir a sí mismo.

G llegó tiempo después, cuando ya la marca en su cuello se había borrado. Lo que encontró, superó todas sus expectativas. Él, que esperaba que en un año o dos todo mejorase, que todo volviese a esa extraña normalidad que conocía, decidió prorrogar lo improrrogable, postergar lo impostergable, retrasar lo irreparable. Quizá no volviera jamás. Solo de vacaciones para ver a los suyos, mientras se lo permitieran; algo que empezaría como un descanso folclórico y terminaría en la categoría de extrema necesidad. Todo era diferente a pesar de ser lo mismo. Todo era, cada vez, bien diferente por mucho que a los que no habían partido, como en la paradoja de los gemelos de Einstein, les pareciera igual. Todo era peor, cuando incluso a los inamovibles les parecía mejor. Todo era surrealista. G salía de un lugar destrozado sobre las ruinas del que regresaba.

Duna, la psicóloga cristiana, se enteró del "accidente" (que nadie se atrevió a llamar por su nombre... por si acaso; no eran tiempos de tentar a la suerte) y fue a verlo, en varias ocasiones, sin orgullo ni pudor, ni integridad, pero Joel se resistió a su encuentro.

Habló con G cuando lo vio, se lo contó todo y este intercedió entre los dos. Pacheco lo sabía. Sabía que Duna no era un agente de la seguridad enviada en secreto porque fue él el que la llevó al grupo. Duna pertenecía al grupo de los vigilados, no al de los vigilantes. No sabía que era religiosa, de eso se enteró tarde y mal, pero eso ya no tenía importancia. Todo había sido un malentendido (más bien una mala interpretación de los hechos) que él pretendió aprovechar a su favor sin éxito. G se lo explicó con cariño, con suavidad. Duna nunca le espió. No estaba cerca de él en misión, sino en vocación. Duna le rondaba porque él era importante para ella; porque, si ella fuera imán, Joel sería su clavo.

Duna sabía, o al menos creía saber, que aquella relación no llegaría a ninguna parte. Nunca. Jamás. Las relaciones tóxicas no tienen futuro porque, por ese delicado equilibrio entre dar y recibir, aquello no sería mutuo; pero sí, podría decir que le amaba como amaba a Jesús o a los ángeles. Joel era su ángel caído (aunque fuera en desgracia).

Por fin se confesaron, no hay nada mejor que una simple conversación sincera, y todo quedó aclarado. Quién sabe cuántas guerras se podrían evitar con unas pocas palabras. Se amaban; pero, su amor... "en silencio tenía que ser". Hay amores destinados a ser imaginarios, abstractos, nebulosos, intangibles; destinados a un limbo donde los corazones bombean más como limones que como manzanas u otro tipo metáfora afrutada. Él podría tener su vida y ella intentaría seguir con su amor ordinario; pero, en ninguna circunstancia, volverían a desentenderse uno del otro. No habría más supuestos. Duna incluso pasó en su casa varios días, hasta que se restableció lo suficiente. Ella en una habitación y Joel en la suya y no ocurrió nada que no fuese cuidar uno del otro. La cuerda fue sustituida con una lámpara que encendía cuando había luz y bombilla.

Hablaron como amigos, nunca como médico-paciente, y el amor, esa medicina gratis y cara, inagotable y escasa, se encargó de suturar los circuitos emocionales de Joel que tanto dolor le causaban. Tiempo después Duna regresó a su hogar, su novio le dejó por su infidelidad y G regresó al viejo mundo.

Se podría decir que la vida seguía su curso contra natura; que cada uno seguía sufriendo las consecuencias de sus decisiones; ya fuera dependiente de ellos o de otros. No todos podían irse. No todos querían irse. No todos tenían claro si irse o volver, o las dos cosas, era una buena decisión. No todos tenían claro si lo que les tocó vivir era producto de la buena o de la mala suerte. El destino, ese gran desconocido, castigaba con rabia y desatino.

Duna lo hubiera explicado en términos de sesgos cognitivos, pero nadie le pidió opinión. Aquella locura de estado de las cosas era una mezcla de patrones ilusorios (esos que aparecen en sucesos no relacionados), arrastre (eso de dejarse llevar por el comportamiento del grupo), efecto Dunning-Kruger (la sobrevaloración ilusoria de las capacidades; ya sea por los individuos incompetentes que tienen las riendas o por los que las soportan), contraste (esa percepción distorsionada al comparar: fuera-dentro, capitalismo-socialismo, etc.), confirmación (esa selección o privilegio de solo aquella información que confirma el sistema de creencias de cada uno), retrospectiva (esa creencia a saber solo después de conocer el resultado; la ilusión de los gurús), proyección (esa asunción a la universalidad de un único sistema de creencias, el propio), heurística de disponibilidad (la sobreestimación de la información disponible), anclaje (el condicionamiento de las decisiones, posteriores, a la información primaria), efecto de encuadre (la interpretación ajustable, según se presentan los datos), punto ciego (la incapacidad de ver los propios prejuicios y sesgos cognitivos) y de percepción selectiva (según la cuál las expectativas influyen en la manera de percibir la realidad).

Duna lo sabía muy bien, durante aquellos años, en aquel lugar, había florecido una selva de anomalías en la que verdad y falsedad se confundían a cada momento. Pares como traición-lealtad, revolución-contrarrevolución, amor-interés, sacrificio-beneficio, y un largo etcétera, cambiaban como la noche o el día. El tiempo era una ilusión. El lugar era una ilusión. Toda percepción podía ser verdadera o falsa, según la relación de los sucesos, según el comportamiento del grupo, según las capacidades de todos los incompetentes, según los sistemas de creencias, según los resultados, según la información-desinformación, según la interpretación, según los prejuicios y sesgos cognitivos, según las expectativas. Las expectativas... eran el *cake* de aquella fiesta de ilusiones perdidas.

Duna no lo explicó, pero lo estudiaba con minuciosidad, con dolor, con sus propios sesgos, en su propio sistema de creencias en continuo tambaleo, en una marejada de rechazo-aceptación, en una permanente reunión de sabelotodos a la que no ha sido invitada. Duna se refugió en la iglesia y en sus estudios ocultos del alma. Pudo constatar cómo crecía el número de feligreses, incluso cuando no había dulces o caramelos. Pudo ver cómo pedían un milagro que les salvase, que le subiera al arca de Noé y les librara de un naufragio en tierra firme. Pudo ver como ideología y fe se parecen más de lo que se diferencian. Pudo ver que, cuando todo se mueve, la gente necesita donde agarrase, aunque sea del cielo o del infierno.

Él vino a ofrecer su corazón

`Esa mujer me vuelve loco`, le confesó Joel a G en una larga carta. G apenas llegó a conocerla, pero entendía que se trataba de aquella chica tímida vestida con atuendos de otro siglo que conoció en las rocas de la costa en aquellos cortos encuentros de ese extraño verano en el cual, según él, le había despreciado. Joel durante aquellas horas habló poco, pero todos sabían que no estaba muerto del todo; que sobreviviría. Le contó que había descubierto su alma gemela, que era la mujer de su vida; pero, dado que no podía ser, porque *ella tiene novio y se resiste a dejarlo por mí*, él iba a convertir todo eso en algo positivo. El amor es como la energía. No se crea, ni se destruye... se transforma. Solo que no se puede atrapar y medir y a veces tiene vocación de entropía, a veces es irreversible. El amor siempre tiene carga positiva; el amor, siempre dispuesto a un cortocircuito.

Pacheco tuvo al tanto a G, todo lo que se puede en la distancia. G tenía email, Pacheco aún no sabía qué era eso, pero el correo (ese de escribir en un papel, meterlo en un sobre y llevarlo a una oficina para que le peguen un sello y lo envíen a una dirección postal) funcionaba; lento, defectuoso, desafiante, cumplía su misión de mantenerlos comunicados y, de cierta manera, unidos. Pacheco esperaba una larga recaída que quizá le devolviera a aquella clínica para locos de estado, pero los hechos no ocurrieron como imaginó.

Un día hacía cola en el comedor donde, por su condición de "veterano de guerra", podía comer gratis, y mientras esperaba tras unas veinte personas, el hambre y el olor de la comida le jugaron una mala pasada. Empezó a salivar y salivar de manera incontrolada; cada vez más, como una especie de sudor olímpico bucal, como un dique roto. Joel pensó que era una especie de carnívoro salvaje y gritó: *Yo soy un lobo feroz* y, como no le pareció suficiente, lo repitió con más aire, con más hambre, más rabia. Una enfermera hizo una seña al resto de damnificados, y él corrió, aulló y arañó como un lobo, pero le atraparon. Le amarraron "durísimo" (en palabras suyas) y le llevaron a un cuarto para darle una buena dosis de "electro sueño". Se despertó con un dolor indescriptible en la boca sin recordar casi nada. *Soy un lobo feroz*, gritó, aunque nunca más lo recuerde.

En un mundo lleno de mentiras, dijo una vez el actor Robin Williams, la boca que se atreve a decir verdades se convierte en el arma más perseguida. Joel lo contó a su manera: *Vaya pinga de rebaño*. A continuación, lo ingresaron en un psiquiátrico para civiles y, después de un largo mes, en medio de aquel año, lo devolvieron a casa sordo, ciego y mudo; como una cosa autónoma que parecía oír, ver y hablar. Pacheco se mudó con él los primeros días. No para encargarse de lo que él apenas podía, sino para evitar otro intento de convertirse en lámpara. No le quitó ojo sin que pareciese que lo vigilaba; algo que, en apariencia, todo buen vecino revolucionario sabía hacer. Le ayudó con las cosas sencillas, que a Joel le parecían gigantes; pero, sobre todo, le cantó. Allí los dos, sin nadie que intentara quemarlos con agua hirviendo, Pacheco puso a la disposición de Joel su mejor afinación y sus mejores dotes de "sacador" de canciones de The Beatles y esa fue la mejor terapia. Funcionó.

Joel apenas le miraba, ni a él, ni a nada, ni a ninguna cosa que habitara en el mundo de los vivos; sin embargo, un día cogió la guitarra y sus dedos recordaron la forma de tocar y los acordes y las melodías y todo, poco a poco, fue dotado de una sublime armonía: lenta, pero suave y sana. Estaba fuera de peligro. Dos meses después sorprendió a Pacheco con sus propias composiciones y fue entonces que se atrevió a recibir a Duna. Ya estaba preparado. Las cosas rara vez son como se quiere. Son como son y la única manera de sobrevivirlas es aceptándolas. Joel, en apariencia, desterró la tristeza y Duna dejó de torturarle la memoria. El siguió ofreciendo su corazón y aceptó que no había desprecio, sino infinitas formas de amar. Dejó de sentirse tonto y se atrevió a cantar ante todo el que quisiera oírle. En definitiva, él solo estaba ahí para ofrecerlas. Esa fue su salvación. El perdón por el no pecado, el no delito, la no correspondencia. Así lo tonto dejó de ser tonto y él dejó de ser una masa ciega, sorda y muda, para encontrar una copia más o menos fidedigna de lo que una vez fue, una versión operativa física y emocionalmente.

¿Quién dijo que todo está perdido?
Yo vengo a ofrecer mi corazón
Tanta sangre que se llevó el río
Yo vengo a ofrecer mi corazón
No será tan fácil, ya sé que pasa
No será tan simple como pensaba
Como abrir el pecho y sacar el alma
Una cuchillada del amor

Cuando G regresó por segunda vez de vacaciones, después de otros dos largos años, la herida, en apariencia, había sanado. Joel parecía estar mejor, casi bien y podían cantar, beber, recordar y soñar, a pesar de las secuelas, sin demasiados efectos secundarios.

Joel había aumentado el repertorio y, esta vez, se podría decir que tenía una especie de peña en las rocas a las que acudía mucha gente, le aplaudían, le alababan y todo eso parecía hacerle bien.

–¿Qué bola? ¿Qué te parece el patio? –le preguntó Joel a G, apenas verlo.

–Sin comentarios bró –fue su respuesta y no porque no quisiera dar una respuesta sensata y coherente, sino porque en esas tres palabras resumía toda su frustración y cuidado de no lastimar la susceptibilidad de sus amigos. Todo era ruina. Ruinas que parecían construidas como ruinas, destinadas a la ruina. El tiempo ablanda la percepción de las fortalezas. Lo que una vez fue muro y ahora es polvo, parece lo mismo; una especie de esplendor que le expropia de su grandeza. La ruina es el monumento al fracaso.

–Todo está hecho pinga –aclaró su particular concepto de ruina–. Todo, menos yo.

Y eso parecía, de cierta manera, aquel ser resucitado parecía lo único auténtico en aquel estanque de falsedad.

Duna no tenía novio. En realidad, nunca tuvo un novio CDM (*Como Dios Manda*); pero Joel no lo sabía y nunca debía saberlo. Jamás. Eran amigos, amigos para siempre. Ella siempre estaría ahí, como estaba para todos los que acudían a la Iglesia. Ella era una especie de virgen de los desamparados, algo exótico a lo que acostumbrarse. Pacheco dejó de intentarlo y probó con señoras mayores, hechas y derechas, desahuciadas por el sexo masculino, a las que denominaba *clarias* sin demasiadas consideraciones. Arrasó. Tanto fue su éxito que tuvo que librarse de un par de gonorreas y alguna que otra infección de ladillas. Joel nunca lo intentó y probó con lo que pudo, hasta que apareció Margot.

El compañero que le atiende

–Pache, ¿quién es ese que dice Joel que le metieron en su casa para que lo vigilara?

–Nadie, muchacho. ¿Te ha dicho eso?

–Si. Dice que es "el compañero que le atiende". –Casi cualquiera ciudadano a esas alturas de la historia tiene uno o varios "compañeros que le atienden", en dependencia de su "nivel de contrarrevolucionareidad" o "compromiso ideológico". En su caso, un "veterano" de apenas treinta años que ha sobre cumplido en misiones encubiertas, guerras, etc., ex combatiente y casi fundador de las tropas especiales, las fuerzas de élite de las Fuerzas Armadas Revolucionarias de Cuba (FAR), de las Avispas Negras, entrenado por ex combatientes de los grupos de misión especial Tigres y Leones, un condecorado con cuanta medalla, diploma o trofeo rinda tributo al honor, el valor y la integridad, un joven revolucionario intachable, genuina representación del proyecto de hombre nuevo, una "máquina de matar" en toda regla, en su caso, se supone que merece un compañero que le atienda ahora que lo necesita; un compañero que mantenga en orden su casa, se ocupe de su alimentación y medicación, de sus terapias, etc. Lo raro no era "el compañero que le atiende" sino que, para Joel, era un compañero que le vigilaba. Él no necesita vigilancia, sino cuidados.

–A él no lo atiende nadie, muchacho –incluso, podría añadir: *ni siquiera por mí, que saben que he intentado pirarme.* Pacheco si tenía varios compañeros detrás; su compromiso ideológico, después de aquel intento de fuga, había caído en picado–. Cuando a uno lo vigilan, lo sabe, pero nunca sabe quién.

–Él dice que se llama Zacarías, que no le deja en paz, que le silba todo el rato como si fuera un perro. *Psi, pssi, psssi,* que no se cansa y que, cuando intenta decirle algo o meterle... si, no me mires así, solo te cuento lo que me dijo, le inyecta una cosa que es como un "electro sueño", pero en líquido, una cosa de color rosa, como si fuera sangre muy licuada.

–Ñooooooo –se lleva las manos a la cabeza Pacheco; como si fueran las manos de Joel y no las suyas las que pierden la perspectiva–. Esto se está yendo de varas, bró.

En realidad, la conversación de Joel y G fue mucho más preocupante.

–G, ¿tú te acuerdas que yo fui avispa negra?, ¿no? –G, en realidad, no sabía ni que eso existía, pero no dijo nada y Joel asumió que su afirmación no necesita aclaración y continuo–: Pues bróder, la cosa se ha invertido. Ahora yo no soy ni pinga y la gente es como el cucarachón de Kafka.

–¿Samsa?

–Sonso, ese mismo –G siguió escuchando, quizá se tratara de una de sus metáforas y no de un error sin importancia. ¿Qué más da Samsa que Sonso? –. Ahora yo soy el que está fuera de la habitación y la gente se mete debajo de la cama y corretea pa' aquí y pa' allá como el cucarachón. ¿A que es de pinga?

Todo era de "pinga", como decía Joel; pero G dudó qué sería más de pinga, si hablara en un tono literal o metafórico. La habitación de Joel era una extensión mínima de su casa. Allí no había más que los muebles imprescindibles: una cama, una mesa, pocas sillas, un sofá forrado con tela de yute.

Costaba creer que una casa donde varios de sus miembros pertenecían al Ministerio del Interior o al Ministerio de las Fuerzas Armadas, estuviese tan abandonada desde dentro. Desde fuera, el abandono era generalizado; pero, aún quedaban refugios. Algunos adornaban las paredes con viejos afiches sacados de revistas, collages, fotos, pinturas con líneas o rectángulos o rombos de distintos colores e incluso artesanías de macramé. Muchos tenían un pomo, o una pecera con algún pez de color. En la casa de Joel el color no funcionaba como color, sino como ausencia de color. Todo era gris, a pesar del espectro. Todo era oscuro, a pesar de la luz. Todo era viejo, a pesar de su duración. Todo era mínimo, como si en lugar de una casa habitada, se tratara de una casa desmantelada para una mudanza, donde solo quedara lo que ya no necesitarían en la nueva. Así era dentro y fuera. La doble metamorfosis se confundía en una sensación única donde, como el mono que no se ve su rabo, le gente no viera su cucaracha.

Lo curioso es que G percibía esa misma distorsión de la realidad que le contaba su amigo. Solo que él había tenido que dar un viaje de ida y vuelta para verla y Joel un viaje sin retorno, de solo ida, con un solo boleto para escapar y no regresar, un viaje a ninguna parte.

Margot

Margot era una chica, nada parecida a la ayudante de Nitza Villapol, a la que Joel se empeñó en llamarle: Señora. Nunca dijo *Mi Señora*, como solían presentar a sus mujeres los hombres casados, sino *Señora*, a secas, sin ningún grado de pertenencia, de un modo bastante aséptico y respetuoso. Había algo de realeza en aquel tratamiento, algo de sofisticación y especialidad.

Margot interfirió su vida un día confuso a finales de verano en el que la gente rehusaba meterse en el agua porque estaba fría y se quedaba pululando por las rocas como placas solares sin batería. Joel estaba allí, con Pacheco, cantando sus canciones a todo pulmón. No hacía calor. El olor a salitre despertaba ese impulso irracional de acumular el aire, de tragarlo para no olvidarlo jamás, junto al rosa y blanco de las conchas, el gris del arrecife y el azul espuma del oleaje. Joel tenía éxito entre las mujeres. Sus letras y quizá esa forma lánguida de entonar, movía algún resorte que en muchas ocasiones estremecía el pubis. Las canciones de amor que escribía para Duna se reciclaban en los deseos frustrados y versos soñados de otras Dunas que, aunque no podían sustituirle si podían satisfacer al poeta. La poesía tiene ese don, es como un alfiler exclusivo para una tela delicada que borda hasta en la lona.

Según Pacheco, las canciones de Joel eran como una semilla para sembrar en camposanto que germinaba en cualquier tierra seca y fértil. Las suyas no tenían el mismo efecto, ni siquiera cantar las canciones de Joel produjo el mismo efecto, pero de alguna manera se benefició de la magia. La sombra de un árbol, en definitiva, protege todo lo que cubre, todo, menos a sí mismo.

La *Señora* apareció un día entre sus oyentes como un ángel en un sueño. Cuando Joel se percató de su presencia interrumpió con toda la coherencia que pudo su interpretación y se le acercó sonriendo.

–¡Qué sorpresa! –exclamó y Margot respondió con un encogimiento de hombros, una sonrisa y un abrazo tierno, de madre o hermana mayor. Joel se hundió entre sus senos de algodón, suspiró y sintió por primera vez en muchos años, que aquella mujer abrigaba su alma aterida de frío y, de alguna manera, la forma en que los enormes brazos de la Gorda le trasvasaban tranquilidad y confianza. Así estuvieron un rato que superó la comprensión e incredulidad de Pacheco–. Pensé que no le vería nunca más... Señora.

–¿Vas a seguir tratándome de usted toda la vida? –preguntó y en ese pequeño motif, "toda la vida", hubo una especie de promesa, de ofrenda, de futuro que Joel aceptó con un estremecimiento–. Estás muy bien.

–Margot –le dijo a Pacheco–, fue mi enfermera de cabecera, la que me cuidó...

–Su cara me suena, seguro lo vi por allí alguna vez, igual que a tu otro amigo...

–G –le ayudó Joel y Margot sonrió–, ahora anda por Madrid.

Hablaron largo rato. No fue fácil encontrarle, pero Margot sabía buscar y encontrar y Joel sabía querer y dejarse querer. Margot repitió y repitió y se hizo tan habitual que podría decirse que fue la primera y única *fan* incondicional que tuvo Joel.

Me encantan tus canciones, le dijo un día, porque: *Me late aquí*, en un lugar entre el medio del pecho y el ombligo. Y Joel lo tocó para ver si se trataba de un corazón mal puesto y más bien se trató de una zona erógena que retorció sus pestañas después de un breve suspiro. Ese día le acompañó, le desvistió y bailó sobre él recordando sus letras. Joel no se resistió. Él también lo deseaba. Margot montó sobre aquella erección de caballo una y otra vez, hasta que el escozor le abrazó las entrañas. *Muchacho*, susurró exhausta, *¿tú no tienes fin?* Joel no dijo nada, ni siquiera le miró a la cara. Él miraba a un punto del techo cerca de donde una vez hubo una lámpara mientras pensaba: «Soy un hombre lobo».

Con la llegada de la Señora, desapareció Zacarías. Joel no lo mencionó porque nadie le preguntó; pero a él le daba lo mismo. Ya se había habituado a su presencia, tanto, que no lo echó de menos; al contrario, mejor así, para que no estuviera "rescabuchando" escondido tras la puerta o metiendo la nariz en el baño cuando Margot se agachara para recoger agua con el jarrito y dignificar sus encantos.

Zacarías se perdió como si hubiera terminado su misión o como si le diese una oportunidad a Joel de comenzar la que quizá sería su misión más importante hasta ese momento: seguir con su vida. La Señora al principio aparecía en su cama por las noches o al caer la tarde y desaparecía por las mañanas. Luego los fines de semana y, por último, se mudó.

La Señora, cada vez más señora, desplegó un aguacero sobre "cualquier tierra seca y fértil" que se le acercara a menos de dos metros a Joel; ni siquiera la hierba más ridícula tuvo la menor oportunidad de crecer. Por supuesto espantó a Duna, con un poco de brusquedad y algo de malas maneras; pero fue sutil, tanto, que Joel tardó muchísimo tiempo más en enterarse.

Delante de Joel, la Señora hablaba con elegancia y educación, hasta pedía la palabra para insertar sus bocadillos y escuchar con atención los del resto. Detrás de Joel, marcaba el territorio como pantera en celo. Margot era la señora cuyo encuentro añoró Joel mucho antes de conocerla. La Señora gallarda, alabada, pícara, que sonreía al mirar su mirada distraída. La Señora que le prestaba de su tiempo un instante, tan galante. La Señora que hermoseaba el paisaje, adornándolo con su esbelta figura.

Duna no se fue del todo. Habían pactado no separarse; solo se retrajo a una discreta segunda fila, excusada por exceso de trabajo y relegada por los desplantes y sutilezas de la Señora. Margot la miraba como si Duna fuese Nitza y vivieran dentro de un pomo de mayonesa a punto de cortarse.

Señora

Señora
Cuánto he añorado
Este encuentro con usted

Señora
La tierra llora
Cuando está debajo de sus pies

Señora
Qué gallardía, es una alabanza, es una picardía
Es saber que usted me sonría
Cuando nota mi mirada distraída

Señora
Qué importante es saber
Que usted me presta de su tiempo un instante
Señora
Qué galante

Señora
Qué hermoso es el paisaje
Cuando usted lo adorna con su esbelta figura
Señora
Qué hermosura

Composición de Chicho Valdés

¿Qué coño pasa?

G debía volver. Había conseguido, una vez más y con la incertidumbre que suponía (temblores, ansiedad, parálisis), otro permiso para salir del país. Muchas veces soñaba lo mismo, que no podía salir, que se quedaba atrapado en todo aquello con lo que antes no entendía y ahora no se identificaba. Esta vez fue Joel el que se acercó a verle. Venía volando con las flamantes Adidas rojas de rayas blancas que le había traído su amigo. *De pinga, asere*, le dijo nada más verle, *el capitalismo no debe ser tan malo; parece que voy flotando. Las quería coger na' más que pa' salir, pero ¡qué cómodas son! ¡Qué sabrosura, qué ricura, como se corre con esta hermosura! Trae pa' cá una guitarra que voy a hacerle una canción ahora mismo.* G trajo la desvencijada guitarra que le quedaba, aún con las cuerdas que puso mucho antes de salir la primera vez y le sugirió que si algún día iba por España no cantara ese verso. Joel no entendió la difícil traducción de venirse con correrse, pero como tampoco tenía demasiada lógica lo primero, siguió con otra cosa y pasó de largo sobre el tema de las zapatillas que, aunque no lo hubiera notado, habían sido construidas en China y no en España o USA.

Joel había estado en Etiopía, siempre delante de balas, proyectiles y explosiones; incluso cuando todos se refugiaban de los ataques, él salía a lavarse las manos o a hacer sus necesidades a la letrina cantando canciones de Silvio. Nunca pensó que alguna bomba le hundiría en la mierda. Somalia invadió Etiopía a, más o menos, 12 400 km de La Habana y allí se presentaron las fuerzas militares de élite de la mayor de las Antillas, las avispas negras, para dar comienza a la operación Baraguá; los 300 asesores militares en las escuelas de milicias de Valle Tatek, Holleta y Arba, resultaban del todo insuficientes ante el avance inexorable "enemigo". La URSS no estuvo de acuerdo (podía entrar en el conflicto algún país árabe "amigo" del "enemigo"); pero, ante la intransigencia y sordera cubana, tuvieron a bien enviar una cantidad "suficiente" de aviones gigantes AN-22 (también AN-12 e IL-76) desde Tashkent que, junto con los casi 2000 efectivos a cargo del general Arnaldo Ochoa, sería suficiente para "liquidar" el conflicto. Arabia Saudita, Egipto, Kuwait y algún otro estado árabe, presionado desde Estados Unidos, apoyaron a Somalia, pero no sería suficiente. Incluso Pakistán, que no es árabe, sino persa, aunque medio musulmán (que no es lo mismo que ser árabe), se unió a la fiesta "enemiga". Una vez finalizada la contienda Joel, una especie de avispa más negra que las avispas negras, fue uno de los que escapó a la lista de 160 "caídos" en aquel lugar que no reconocería ni en fotos. Para él fue como ir a Remanganagua y regresar; lo mismo. ¡Si eso es el extranjero! No sabe a cuántos mató o hirió; solo creyó que regresó ileso. No le arañó ni una bala, ni un proyectil, ni una bomba; aunque la película de destrucción que grabó en su cabeza durante aquellos días se reproduzca una y otra vez, en bucle, como una máquina defectuosa que no puede parar, que no tiene botón de parada, que no se desgasta, ni se cansa.

–¿Cómo es aquello, bró?

–¿Aquello... qué?

–Fuera. ¿Cómo es la vida fuera? –G pensó antes de contestar.

–Pues... mejor. No es perfecta, pero es mejor.

–Toda esa pinga de la sanidad, la educación, es verdad que allí eso es solo los ricos.

–No, bró. No es verdad. Supongo que todos los países capitalistas son diferentes, de la misma manera que todos los países socialistas lo son. En...

–¿Ah, sí?

–Claro, por ejemplo, la economía es diferente, el desarrollo. Es probable que en Moscú quieran los monos deportivos finlandeses, pero ellos también tienen los suyos. Todo el mundo quiere lo que no tiene, ¿no?

Joel se quedó pensando, mirando hacia algún punto fijo en el espacio-tiempo, con los ojos apretados para evitar el sol; así estuvo ordenado las palabras y las frases que quería decir. Entonces habló:

–¿Todo el despingamiento del campo socialista es porque los rusos prefieren los monos finlandeses y no los suyos?

–Bueno... hay cosas más importantes que los monos deportivos; la libertad, por ejemplo.

–¿Tú puedes decir lo que te salga de la pinga en España? –preguntó girando la cabeza para observar la respuesta.

–Si.

–Yo también. ¿Quieres que te haga una demostración?

–No hace falta. –G miró a su alrededor; había muy poca gente transitando por el parque a esas horas, pero siempre había alguien, aunque fuera detrás de una ventana o una puerta. Siempre había alguien con oreja y boca.

–¡Abajo la Revolución! –gritó con todas sus fuerzas.

–¿Qué haces?

—Gritar lo que me salga de la pinga. ¿Ves? Yo también puedo. –Una mujer, a unos diez pasos de los dos, pegó un salto del susto y salió corriendo. Joel siguió con sus preguntas. Tres minutos más tarde dos policías y un hombre vestido de paisano les emboscaron hasta cercarlos.

—Carné de identidad –exigió uno con cara de pocos amigos. G sacó su tarjeta. A pesar de vivir fuera, en Cuba, siempre sería considerado un cubano y, por fortuna, aún la conservaba. Pero Joel no le dejó entregarle.

—¿Ustedes no saben quién soy yo? –dijo en voz baja con los brazos cruzados delante–. Si no lo saben pueden preguntarle al mayor Zacarías. –Hizo una pequeña pausa reflexiva, miró al suelo, barrió un arco imaginario con el pie y continuó–: Yo soy agente de la contrainteligencia cubana, compañeros y estoy en una misión que acaban de joder porque este compañero –dijo señalando a G– no lo sabía y ahora lo sabe y cómo no se vayan de aquí ahora mismo van a recontrajoder la operación entera. ¿Entendido? –Los hombres se miraron entre ellos. –Como no se pierdan ahoritica mismitico voy a apuntar la identificación de cada uno y los voy a reportar. ¡Entendido! –repitió alterado. Todos se dispersaron más rápido de como se agruparon. –Ves, yo también puedo gritar lo que me salga de la pinga.

Joel nunca llegó a entender a los rusos. Nunca supo si estaban harto de lo incómodo de sus monos deportivos, coches, calculadoras, aviones o edificios o si realmente querían otro sistema donde pudiesen montar sus negocios, partidos, organizar sus viajes a cualquier parte o poder disentir incluso respecto al tiempo. Los alemanes vivían mucho mejor y consiguieron tumbar un muro solo para disfrutar de todos y cada uno de los derechos usurpados en nombre de la guerra fría.

En Cuba todos los derechos fueron subrogados al Estado, poco a poco, cambio tras cambio. Todo pareció justificable en su momento y cuando la guerra fría fue solo un renglón en los libros de historia, todo siguió como si Cuba se hubiera escondido en un pliegue del espacio-tiempo. Todo era diferente fuera. Nada era distinto dentro. En lo esencial, Joel debía soportar una distopía histórica a causa de esta distorsión. El mundo se reordenó y Cuba siguió en su mundo, ajena a ese otro mundo, como el último bastión del socialismo mundial. En esta para-realidad solo la enajenación era posible, solo así Joel podía gritar lo que quisiera, porque lo mismo que no podía ser para unos, era posible para otros. Las reglas eran las mismas como si el juego fuera el mismo; aunque para jugarlo fuera necesario invertir las fichas.

Joel apenas se enteró que había tiendas donde vendían productos en dólares porque él nunca tuvo un dólar y porque lo último que supo era que la tenencia de dólares era penada con años de cárcel. Joel nunca fue a un hotel o a un restaurante porque su familia nunca supo lo que era un hotel o un restaurante; por lo que tampoco se enteró que desde la caída del muro ambos eran exclusivos para los extranjeros. Él no vivió el apartheid, él siguió con las bombas cayéndole al lado, mientras se preguntaba *¿qué coño ha pasado?* Nada era igual desde que salió de aquella clínica para tarados de élite, pero todos se empeñaban en que todo seguía igual mientras él seguía preguntándose con obsesión: *¿qué coño pasa?*

Fuera de serie

–¿Dejaste de fumar? –preguntó Joel a G, después de la demostración a grito pelado.

–Nunca he fumado, bró.

–Ah sí, es verdad. El que fumaba era yo, pero se me había olvidado. *Se me olvidó que te olvidé.*

–Mejor, ¿no?

–Si, mejor, así no tengo que pedirte cigarros porque, total, no me ibas a dar –dijo y se rio como siempre se reía de sus propios chistes.

–Oye, esta vez les engañaste bien, pero no te confíes –le aconsejó G.

–¿De qué?

–Pues eso de la contrainteligencia y la misión encubierta.

–Eso es verdad mi hermano y ahora, por culpa de ellos, tú lo sabes. Nunca te lo había dicho para protegerte... Cuanto menos se sabe... mejor. Ahora que ya lo sabes... olvídalo. Es mejor; aunque se que tú nunca me vas a traicionar. Que tú lo sepas, es lo mismo que si yo lo sé. Olvídalo.

G no dijo nada más. No pudo. Bajaron en silencio hasta la casa de Pacheco mientras los pocos vecinos con los que se cruzaban cambiaban de acera para evitar saludarle, aunque no tuviera sombra, aunque les quemara el sol.

–¿Tú te acuerdas de Papito? –preguntó de repente, como si fuera algo importante que debía contar antes de olvidarlo.

–No.

–El hijo de Chuchi... Bueno, no pasa nada. El muy sapingo, dice ahora que es trovador y va metiendo con la cara por ahí.

–¡Coño! Te ha salido competencia muy cerca.

–Na'. Pues un día estábamos tocando en la costa y el tipo cantó una canción tuya.

–¿Mía?

–Si, tuya, pero la cantó como si fuera suya y no precisamente como si la hubieras escrito para él, sino como si la hubiera escrito él. Dijo: *esto es lo último que he compuesto.*

–¡No jodas!

–Si.... ¿Y sabes qué hice? –preguntó retóricamente, y sin esperar respuesta continuó–: Le dije que, como tenía poderes, la podía cantar al momento, de memoria, y la canté y el tipo se puso pálido y de hecho había un acorde que no se sabía bien y cuando yo la toqué se oyó más de pinga todavía. El Papito no supo muy bien qué hacer pa' no quedar mal y me dijo: *Coño, asere, estás fuera de serie.* Y yo le dije: *Fuera de serie no, singa'o. Me la se porque es de mi hermano G. Tú no has compuesto ni pinga. El día que tú compongas algo así...* y ¿sabes que hizo el hijo d' puta? Miró a las niñas que estaban con la baba fuera escuchando y puso los ojos como de: *No le hagan caso a este que está loco.*

–¿Y tú qué hiciste?

–Me fui –G no comentó nada, pero le extraño que se fuera sin más. Joel no era así, por menos que eso le hubiera roto la guitarra en la cabeza. Como si leyera sus pensamientos Joel se justificó–: Estoy jubilado mi bró. No merece la pena. Lo mejor de todo es que, después de eso, todos los días las niñas me piden: *Joel, toca la canción de G.* Y yo la toco. Gracias a ti he conseguido buenas ricuras.

–Hiciste bien –aplaudió en silencio el cambio pacífico y luego se acordó de Margot–. Oye, ¿y Margot qué bolá? ¿No se pone celosa?

—Eso fue hace tiempo, antes de que apareciera Margot. Yo no sé si se pone celosa o no, pero esa jeva me tiene vacío, seco. Me lo saca todo. Na' ma' que quiere singar. Singar y singar... voy a hacer una canción con eso.

G no recordaba con exactitud quién era Papito, pero Pacheco un rato más tarde se lo refrescó. Chuchi era prima suya y, por lo tanto, primo segundo de él. En una ocasión Mercedes Sosa y León Gieco tocaron en el Parque 13 de marzo, frente al Palacio Presidencial y G les consiguió dos entradas para ir, pero Papito, que por entonces tendría unos diez años quiso ir. Joel le explicó que era por entradas, pero que no se preocupara, que de todas formas el lograría entrarlo. Pacheco, Joel y Papito fueron de los primeros en llegar y en la improvisada entrada al espacio libre una mujer les pidió los tiques. Sin pensarlo, o decirle algo a Pacheco, o a aquella mujer, Joel se giró hacia Papito y le dijo: *Ahora coges derechito por ahí pa' llá, te subes a la guagua y regresas pa' la casa. Te dije que no te iban a dejar entrar.* La mujer miró al niño que empezaba a llorar y preguntó: *¿Y de dónde ustedes vienen, que el niño tiene que coger guaguas para virar?* Joel no le respondió, simplemente, se limitó a reiterarle la misma frase al niño: *Te subes a la guagua y regresas pa' la casa.* Papito, con la cabeza gacha, comenzó a caminar hacia la parada ya desconsolado. La mujer lo llamó y lo dejó entrar. Una vez ya sentados Joel les dijo: *Vieron, eso no falla.*

Joel sabía qué cosas no fallaban; pero, con Margot, se equivocó. Quizá todo su sistema de defensa estaba licuado por las dosis que recibía o quizá cambiaba todo. Algo entre la realidad y él cambiaba. Algo que solo él podía experimentar, pero no contar o escribir o cantar. Si la realidad y la percepción de la realidad fueran dos planos, estos, en el común de los mortales, se mantienen más o menos a la misma distancia durante toda su vida. Es como si la realidad fuese una imagen y la percepción de la realidad un espejo.

Poco cambia entre una trama y otra durante toda la película de una vida. Pero cuando ambos planos se curvan, la distorsión puede ser tal que en un lado aparezca una abuelita y en el otro un lobo feroz. La alteración continuada de esta deformación puede dar lugar a cierta confusión entre lo real y lo percibido, que se produzca una especie de inversión, de intromisión de un mundo en otro. Margot fue una de las cosas que nunca debió fallar y falló, pese a que el fallo se produjo dentro, poco a poco, tan dentro, que fue imposible preverlo.

Después del refrescamiento, G recordó mucho más de aquellos días. Él no estuvo en ese concierto, pero sí en el Chico Buarque y su Banda Carioca. Allí, en medio concierto, Chico anunció que, a partir de entonces, la Banda se llamaría Habana Club. Fue una época donde ya muchos no eran felices y empezaban a saberlo.

Eso de sentirse pájaro

–¿Tu te acuerdas cuando te dije que podía escribir como Bach? –preguntó Joel a G, riéndose de sí mismo–. Todavía me acuerdo de tu cara. Mentira, no me acuerdo de na'. Si me acuerdo es porque Pacheco me lo recordó. ¿Es verdad que dije que podía hacer cualquier cosa?

G asintió; se trataba de algo imposible de olvidar y preferible no mencionar. No acentuó el gesto, sino todo lo contrario; fue solo un imperceptible movimiento que dejaba a salvo la educación de responder, sin pretender traer aquellos recuerdos al presente. Nunca se sabe si es mejor o peor olvidar, o recordar o fingir que no pasó o que tampoco fue para tanto, a pesar de estar al borde de la muerte.

–Estaba de pinga –despejó Joel cualquier duda acerca del conocimiento de su estado verdadero–. En realidad, no puedo hacer cualquier cosa, ni loco –dijo y se rio de su espontaneidad ingeniosa y de la obviedad de sus conclusiones. G rogó por no escuchar que *podía volar*, pero no fue escuchado del todo–. Sí que puedo volar –afirmó mirándole a la cara–, pero con tu ayuda. –G pensó, por pensar bien, que quizá se tratase de la compra de un boleto de avión o algo parecido; pero, en un instante más corto que un segundo, Joel despejó la duda–: La gente se va en balsas, en ruedas de tractores, hasta en un salvavidas, pero yo me iría en una especie de motor aéreo, como una moto. –G le escuchó esperando que fuese un chiste de sí mismo, pero Joel continuó con la misma serenidad con la que empezó–: En el mar me podría ahogar fácil, pero en el cielo no –sentenció–. ¿Tú sabes cuantas veces me he tirado yo en paracaídas? –G no dijo palabra–: Un pingal de veces. ¿Sabes cuantas veces tuve un accidente? Ninguna. Ningún accidente mortal bró. El cielo es lo mío –dijo estirándose como si abriera las alas–. Ahí me siento como pez en el agua, porque eso de sentirse pájaro... no suena bien.

G no supo muy bien cómo reaccionar, así que intentó seguir su juego hasta el final.

–Un pajarraco es lo que tú eres... un tiñosón.

–Tú ríete.

–Pero ¿tú no decías que no te querías ir?

–Si, yo solo quiero ir y volver, como tú, pedazo de cabrón. Quiero enterarme de cómo son las cosas por allá fuera sin que nadie me lo cuente; pero pa' mi no hay becas, ni invitaciones, yo tengo que hacer como Matías Pérez.

Después de aquella conversación G regresó con la duda de si era la última vez que lo veía. Suele pasar. Las oportunidades se desperdician porque parecen infinitas, pero esta vez no ocurrió así. Cualquier oportunidad podría ser la última. Era algo que Joel no sabía, G intuía y Pacheco estaba casi seguro. Por alguna razón Joel proyectó sobre su amigo unas habilidades de ingeniería aeronáutica que no poseía. Por alguna otra razón G intuyó que su amigo volaría, con o sin maquinaria, lo que no supo, ni él, ni Pacheco, ni nadie, fue adónde.

Aquí el mundo se viró al revés

Después de la marcha de G, era difícil no encontrarse con Margot para ver a Joel. Pacheco empezó a escribirle y también Joel, aunque con menos frecuencia. En una de esas cartas Pacheco contó una anécdota tan graciosa que no tenía gracia. Todos en el barrio temían a Joel. Lo hacían con discreción, para no molestar, para no llamar la atención. Todos sabían que era capaz de cualquier cosa en la que "cualquier cosa" significaba, de manera literal, CUALQUIER COSA. Nunca hizo daño a nadie. Siempre estaba de buen humor, pero en potencia, era peligroso; como si andar lejos de él pudiera evitar que te cayera un meteorito en la cabeza, o poder escapar de un tsunami. Joel era una especie de gato negro con el que la gente prefería no cruzarse, un aura tiñosa que por más alto que volara señalaba una muerte en lo bajo, como un reptil inocente y brillante que pudiera fulminar con su veneno invisible, como la sal que haría explotar a un sapo. Él, el héroe internacionalista, era aceptado con reservas. En lugar de su imagen sonriente, en una especie de mural de la dignidad en la sede del Partido Comunista de su comunidad, apenas aparecía su nombre. El héroe sin cara, ni presencia, como si ya se hubiera muerto sin alcanzar la categoría de mártir.

Él, el que podía gritar lo que quisiera, empezó cantando su canción de Con-Su-Mismo y terminó gritando lo que todo el mundo deseaba gritar sin atreverse, dándole la voz al pueblo. Este fue más o menos su sermón público:

En este país el mundo se viró al revés. El taxista no va donde tu quieres. Las guaguas no paran en sus paradas, ni tienen horario. Las carnicerías no venden carne. Hay un solo partido, pero Cuba es el país más democrático del mundo. La economía crece y crece y vuelve a crecer todos los años, pero no hay economía. Pagan en pesos, pero se compra en dolores. La sociedad es justa, pero no hay justicia. No existe el juego, pero todo el mundo juega (si, no me miren así, que aquí to' el mundo juega a la bolita). Circulan tres monedas, pero la única que sirve, la que más vale, es la del enemigo, el verde del yanqui revuelto y brutal. Defienden los derechos humanos ajenos, pero no se respetan los propios. Los cubanos tienen que pedir permiso pa' entrar y pa' salir, pa' hacer una fiesta, pa' reunirse; hasta pa' cagar hay que pedir permiso, aunque no te lo den. La capital de todos los cubanos es solo para los habaneros. Te enseñan a leer y escribir, pero luego te dicen lo que no puedes leer y lo que está prohibido escribir. Se negocia más con el país que nos bloquea. La prostitución es un arte y el arte se prostituye. Se hacen colas sin saber qué vas a comprar. Un carro moderno tiene, como mínimo, veinte años. En las farmacias internacionales venden medicinas nacionales y en las farmacias nacionales no venden ni aspirinas. El destierro no es una pena, es una pena quedarse. No hay desempleo, pero nadie trabaja. Es una isla, pero no hay pescado. Nadie cree en el hinduismo, pero las vacas son sagradas. Las inspecciones sorpresas se anuncian con semanas de antelación. Un camarero gana tres veces más que un neurocirujano y mil veces menos que una jinetera ¡Cuba es el mundo al revés! Aquí se hace lo mismo de lo mismo, pero se esperan resultados diferentes, logros, éxitos, futuro...

Pacheco intentó aplacarlo:
–¡Eh, Joel!, ¿qué te pasa? Te puedes meter en candela –pero él le desoyó como de costumbre.

En unos minutos les rodearon varios agentes, muchos de civil y otros de uniforme. Ese día, según Joel, Zacarías no estaba.

–Compañero, aquí no puede estar formando ese desorden público, gritando lo que está gritando.

–¿Desorden público? –reflexionó bajando la voz–. Ustedes no me conocen ¿verdad? Ustedes no saben quién soy. –Se miraron entre ellos. Nadie le conocía. Joel les aclaró bajando aún más la voz–: Yo soy Joel, Joelito, de la Seguridad del Estado, Internacionalista –susurró y se acercó todo lo que pudo para enseñar un carné que asustó a todos. –Y estoy ahora aquí trabajando, encubierto, y vienen ustedes y están a punto de joder la operación.

–Disculpe compañero... No estábamos informados. Continúe, pero más bajo, si es posible.

–Nooooo, no entienden nada. Ahora tienen que detenernos, es una orden y no solo eso, tiene que ser por la fuerza. Yo te voy a dar una patada en los huevos y tú me vas a partir la cara. A mí y a este –dijo refiriéndose a Pacheco. Los agentes dudaron, pero Joel continuó gritando y no solo estuvo a punto de romper los testículos del agente que tenía más cerca, sino que casi le desprende la mandíbula a otro. Entre todos lo redujeron. Pacheco se ganó un solo golpe que le dejó KO. Se los llevaron esposados hasta el carro de policía que tenían esperando a menos de veinte metros, oculto por un edificio enorme. Había tres carros, no solo uno, los subieron con las manos esposadas a la espalda y arrancaron. Apenas salieron de allí, Joel ordenó que le quitaran las esposas. La orden fue cumplida sin rechistar. Pacheco seguía desmayado.

–Ahora llévennos a Centro Habana, al Ameijeiras –ordenó con más firmeza, si cabía, y les dio la dirección de Margot.

Cuando por fin recuperó el conocimiento, Pacheco no sabía dónde estaba, pero sí que estaba muy enfadado con Joel. Era consciente que, gracias a él, se había ganado un gaznatón mayúsculo, el puñetazo de su vida, una trompada profesional.

–Asere –dijo en cuanto pudo articular palabra–, eso no se hace. Eso no es de amigos. Si lo que querías era un taxi, hubiera preferido importarlo de Rusia –protestó pasándose la mano por la quijada una y otra vez, como si eso aliviara su ego.

Joel lo dejó descargar sin decir ni una sola palabra, sin mover una ceja, sin respirar. Cuando pareció que solo le faltaba levantarse e irse, le dijo:

–Bróder, mira la parte positiva, ahora puedes decir toda la pinga que te de la gana sin que te metan preso. Ahora ellos saben que tú, digas lo que digas, eres de los suyos. ¿Quién no daría lo que sea por eso?

Vuelve

¿Qué voy a hacer en esta noche fría y sola?
¿Qué voy a hacer si tu amor ya no está?
Me quedaré mirando las estrellas
con la esperanza de volverla a ver

¿Qué voy a hacer en esta noche fría y sola?
Acostumbrado como estaba a tú calor
Me quedaré soñando aquellos días
de placer y de amor entre los dos

Vuelve
Muchachita yo te doy todo mi amor
Vuelve
Muchachita yo te doy mi corazón

Vuelve

Composición de Chicho Valdés

La sonrisa de Margot

Margot era un ser triste, muy triste; tan triste, que a todo el que miraba le arrugaba el corazón como una pasa. Todas las enfermeras le abrazaban, seguían su andar pesado por si se tropezaba con alguna camilla atravesada o una puerta mal cerrada, evitaban que bebiera su café sola. Todas sin saber por qué. Margot parecía sola, incluso acompañada por todo el personal sanitario del hospital. Era una mujer tímida, de pocas palabras y gestos redondos, de esas que se hacen querer, nada más verlas.

Sin embargo, poco o nada se sabía en los pasillos de aquella enigmática Señora. La dirección del hospital, que lo sabía todo antes de integrarla en la plantilla, se reservó la información "dada su delicadeza": una finura brutal. Su marido, alto oficial del ejército, militante del PCC, cuadro político, héroe condecorado en la guerra de Angola, le insultaba, amenazaba, coaccionaba, pegaba, violaba y un largo etcétera que se podía resumir en una sola palabra. Su marido le mataba. Le mataba en todos los sentidos: físico, psicológico, sexual, económico, patrimonial, social e incluso vicario. Si no la mató, de manera literal, fue porque el ejército intervino. Le ordenaron el divorcio, cosa que Margot le había suplicado innumerables veces. Le ordenaron misión en la otra punta del país, cosa que Margot entendió como un castigo. Le ordenaron alejamiento integral bajo amenaza de juicio sumarísimo, cosa que Margot entendió como una libertad definitiva.

Su marido desapareció; se perdió de su cuerpo, de su casa, de sus palabras, de su sexo, de su salario, de sus pocos amigos, de su vida; sin embargo, su sombra se quedó. Una especie de fantasma, de mala vibración, de angustia, le siguió sin piedad hasta en sueños. No era algo parecido a la mala fortuna, no. Era como un hacha antes de cortar, una cuerda antes de ahogar, una llama antes de quemar; algo que le obligaba a retroceder, a mirar a todas partes una y otra vez, a esquivar cualquier saludo, cualquier caricia, cualquier palabra. Era algo más violento que una paliza, un grito, una conminación, un sacrilegio, que la propia violencia. Esa "cosa" invisible pegajosa le acosaba con una promesa sin fecha exacta de cumplimiento. Margot sabía que esa sombra, por muy castigado que estuviera su dueño, solo podía desparecer con la muerte. La suya o la de él. Hay veces que, en el mundo que antes ocupaban dos, solo queda lugar para uno. Eso pensaba, eso creía, eso juraba, hasta que conoció a Joel.

Joel apareció como algo desvencijado, roto, fragmentado, abandonado; como una caja de dinamita con más potencia que cualquier bomba sucia, incapaz de estallar. Joel apenas podía moverse, apenas podía respirar, apenas podía sonreír; pero Margot supo, de alguna manera que nadie podría explicar, que con él estaba a salvo, que, con él, esa sombra fétida, estaba condenada a la extinción.

Joel era de los vencidos, no de los vencedores, aunque fuera de la misma guerra. Joel era una víctima, no un verdugo; una máquina de matar descontinuada por un mecanismo mortal superior. Margot le sonrió cuando Joel miraba a ninguna parte, le prestó todo su tiempo, le devolvió el horizonte que Joel anhelaba ver alguna vez. Margot disfrutó de su cuidado con toda la prudencia profesional que el código deontológico le exigía; pero le amó en silencio, entre algodones, porque solo así se sentía a salvo; porque solo así se sentía útil; porque solo así se sentía mujer.

La sombra se difuminó, desapareció en la oscuridad con la prisa de una pesadilla a un despertar. Su vida merecía una nueva oportunidad y Joel apareció en forma de un botón de *reset*.

Margot fue la heroína de Joel; fue la que agarró su mano y tiró de él cuando se hundía en ese extraño pantano de vegetación rusa y fango cubano, Gorda materna y agujero negro, genios despiadados y seres desconocidos de ultratumba. Joel fue el héroe anónimo de Margot; fue el que fumigó sus fantasmas cuando temblaba en ese helado limbo. Héroe y heroína se juraron como dos tablas de salvación, como dos balsas que juntas no se hundirían, como dos corchos sin botella. El amor es, a veces, una forma de compasión; aunque sea mejor visto. Margot y Joel alcanzaron al amor con la promesa de liberar al sufrimiento para llegar a la felicidad. En definitiva, cualquiera puede ser más feliz que el resto del mundo; basta buscar la felicidad en el lugar adecuado.

Ya te querré

En una ocasión, tumbados en la cama, después de hacer el amor, lejos de aquellos días de hospital, Margot hizo la que pareció ser su primera confesión:

—A veces siento que no me quieres.

—¿Por qué?

—No sé, creo que estás conmigo porque estás bien, pero que no me quieres. —Joel sabía de dónde provenía la duda. El recelo tenía nombre: Duna. Margot tenía razón, con ella estaba bien. ¿Por qué no le bastaba?

—Estoy bien, más que bien. Ya te querré —dijo y Margot, aún débil, aún insegura, aún perpleja, no supo valorar el alcance de su sinceridad. A veces las palabras estropean los momentos más dulces, como pequeñas granadas que explotan en medio de un campo sin enemigos, un lugar que aún no es de batalla.

—Yo te quiero —se apresuró a decir.

—¿Cómo puedes estar tan segura si solo llevamos juntos menos de un mes?

—Lo sé, el cariño no se mide en días.

—Yo estoy bien. Nunca he estado mejor.

—¿No te gusto lo suficiente? ¿Es eso? —Joel no entendió las preguntas.

–Claro, y por eso estás aquí –respondió con más desgano que ironía–, por eso singamos a todas horas, por eso dormimos juntos todas las noches –Margot se quedó pensativa; igual se había pasado. ¿Por qué valen más las palabras que los hechos? –. Mira, te voy a confesar una cosa –dijo como si esa cosa fuese la prueba definitiva de su equivocación–: Tú eres la mujer menos atractiva que he tenido; sin embargo, sigo contigo –sentenció y sus palabras abrieron el esternón de Margot en dos y vomitaron ácido dentro.

–¿Has dicho que soy la mujer más fea que has tenido?

–No, no he dicho eso. Tú eres hermosa, pero no en el sentido en que normalmente la gente considera la hermosura. No sé cómo explicarme. Lo que quiero decir es que, tu hermosura a mí me basta.

–No sé qué me ofende más. Si lo de "ya te querré" o lo de "tu hermosura a mí me basta".

–No debería ofenderte ninguna de las dos cosas. Seguro tú has tenido relaciones con hombres más lindos. Eso no me ofende. Yo quiero que tú seas feliz y yo quiero ser feliz y contigo estoy feliz. ¿A qué viene todo esto de que no sientes que te quiero? ¿Acaso estás celosa por Duna?

–Esa... –murmuró.

–Es mi amiga, acostúmbrate que es mi amiga y que no voy a renunciar a su amistad para que tú sientas que te quiero.

La conversación siguió por un sendero equivocado, que no solo no llegaba a ninguna parte, sino que les dejaría exhaustos. Joel amaba a Duna y eso no podía cambiarlo; pero era feliz y eso tampoco quería que cambiase. Duna y Margot vivían en compartimentos estancos en contra de su voluntad. No quería hacer daño a Margot. Quería ser feliz. ¿Tan difícil es ser feliz? ¿Por qué a Margot no le parecía suficiente su esbelta figura? Joel amaba a Duna y se esforzaba por amar a Margot; esperaba que el amor no fuera una forma de compasión, que no hubiera infinitas formas de amor, pero sabía que el amor era independiente, que nada podía hacer él para sobornarlo.

–Pache ¿tú has amado alguna vez? –Pacheco le miró extrañado. Él, el trabajador social, el hombre que ayudaba sin interés a cualquier mujer necesitada de amor, no sabía qué contestar.

–Sí, claro que sí.

–¿A quién?

–A todas.

–¿En serio?

–No sé, define "amor" –le exigió, pero Joel no supo definirlo. No supo si, como su amigo, había amado tanto, o no había amado nunca. El amor no puede ser cualquier cosa, tiene que ser algo especial, escaso, caro. Joel no supo cómo definir su amor por Duna o su amor por Margot. No supo si lo uno era parecido a lo otro. Si pudiera existir una definición siquiera.

Todo parecía ir bien

–Tienes una carta.

  –¿Una carta?

  –Si, parece que viene de España. –Joel se apresuró a abrirla, era de G.

> Mi querido hermanito,
> Me enamoré, así de sencillo. Se llama Simone.
> Una mujer normal, normalita, como ya no
> existen. Tan normal como especial. Te vamos
> a caer por allá en cuanto podamos.

La carta era extensa. Joel leyó el primer párrafo y miró a Margot que seguía esquiva, a la defensiva. G se había enamorado; de una mujer normal, normalita, "como ya no existen".

–Ven –pidió con suavidad a Margot y la sentó en las rodillas. –¿Sabes una cosa, Señora? –dijo con absoluta certeza que no lo sabía–. Yo no te quiero. Yo te amo.

Margot no lo esperaba, no lo sabía, no lo imaginaba; pero era todo lo que deseaba escuchar. Le besó con lágrimas en los ojos, con palpitaciones en el pecho, con estremecimientos en el vientre, con pulsaciones en la cabeza. Le besó y le abrazó y le mordió y Joel siguió todas y cada una de sus maniobras y se quitó la ropa y se la quitó a él y allí mismo, en medio de la sala, hicieron el amor y ella se vino tres veces y Joel solo una, dentro de ella.

No hubo condón como todas las otras veces. No hubo contención, como en alguna ocasión. No hubo rubor, ni compasión. Solo hubo amor y deseo y satisfacción y luego felicidad.

Después de aquel momento memorable Margot se duchó, se vistió y partió al hospital para hacer el turno de tarde y la guardia de noche. Parecía otra mujer, aunque fuera la misma mujer normal, normalita, como ya no existen. Joel la despidió mientras deseaba que así fuese toda la vida y decidió escribir una canción. *Cuando no esté*, pensó, *me quedaré mirando las estrellas con la esperanza de volverla a ver* y ella volvería y harían el amor de nuevo y nada rompería la magia de aquella mañana.

Margot le había buscado; de alguna manera había intuido su felicidad con él. Él la recordaba dentro de todo lo bueno que pudo almacenar en su memoria de aquel traumático ingreso; como una sensación, más que como una imagen, como sabe el agua para quien tiene sed. Ella le había encontrado y él se alegró. No necesitaba que fuera la mujer más bella del mundo, su hermosura era suficiente.

Compuso una canción para Margot. Se la cantaría cuando regresara al día siguiente. Llamó a Pacheco, quería que él la escuchase. Se la cantó por teléfono. Luego llamó a Duna, pero no se atrevió. Esa canción no era suficiente para ella.

—¡Qué sorpresa! —se alegró.

—Ya ves, soy una cajita de sorpresa.

—¿Cómo estás?

—Bien, muy bien, por eso quería hablar contigo; para que lo supieras.

—Me alegro. ¿A qué se debe tanta alegría?

—Ha escrito G, dice que vuelve pronto, que se ha enamorado —Duna no dijo nada. Ella sabía lo que era el amor. Lo sabía muy bien—. ¡Eh!, ¿estás ahí?

–Si, te estoy escuchando. ¡Qué bien! Me alegro mucho –dijo y Joel quería improvisar cualquier conversación, cualquier excusa para verla, pero Duna le interrumpió a tiempo–: Oye, a ver si nos vemos algún día. Ahora tengo que dejarte, que estoy muy ocupada.

–Ok –se despidió Joel a falta de encontrar mejores palabras.

–Un beso –dijo Duna cuando Joel ya no la escuchaba, cuando se apresuraba a dejar el auricular en su lugar. Todo parecía ir bien.

Agua podrida

A última hora de la tarde, Pacheco se apareció con dos entradas para ver a Leo Maslíah en el teatro Karl Marx.

–No me digas que no puedes ir, por favor.

–Pues no, no te lo digo. Hoy libro –se rio, pero Pacheco no entendió la gracia; así que tuvo que explicarla–: Que esta noche Margot trabaja.

Joel supo de la existencia de Leo Maslíah por G. Según él era un músico especial, uno de los mejores de América Latina, pero nunca escuchó nada suyo. Nadie conocido tenía un casete de Leo Maslíah, ninguna estación de radio había emitido alguna vez su música. Lo curioso es que no iban a un concierto al uso, sino a un concierto organizado dentro de un Festival del Humor. Podía sonar raro, pero en Cuba cualquier cosa, por muy rara que sonara, era igual de probable, con independencia de su rareza. Él estaba de humor y, aunque el teatro estuviera mucho más lejos de La Habana del Este de lo que realmente estaba, estaba listo para reírse, para desternillarse, para partirse en dos si fuera preciso. Pacheco no tenía ni idea de quien se trataba, solo era un par de entradas que su hermano mayor había recibido en el trabajo y antes de tirarlas al cubo de la basura, prefirió donarlas. Él no estaba de humor, no conocía a Maslíah y no estaba dispuesto a malgastar la noche en la otra punta de La Habana.

Llegaron media hora antes. Es difícil llegar a tiempo si sales con tres horas de antelación. Llegaron y se encontraron con bastante gente fuera esperando. Cualquier festival, mucho más si es de humor, mucho mas si vienen artistas extranjeros, era más que bienvenido; daba igual si conocieras a Maslíah o no. Sin embargo, una vez dentro, una vez "conociendo" al artista, la percepción cambia. Joel y Pacheco se sentaron en el primer balcón, más o menos en las primeras filas. Desde luego Maslíah no fue entendido como el público solía entender a Virulo, un cómico-cantante que solía acompañarse con la guitarra. Maslíah era un intelectual uruguayo en toda regla, un compositor e intérprete de "culto" especial, cuyo humor exigía algo más que un esfuerzo intelectual que gran parte de aquel público, ni siquiera intuía.

Al principio le aplaudieron, luego callaron y por último le abuchearon. El clímax de la mala educación llegó el punto más álgido con la canción *Agua Podrida*.

Agua podrida, estancada, reseca
Agua podrida, pescado, buseca
Agua podrida, agua podrida
Agua podrida, tapada de mugre
Agua podrida que queda y se pudre
Agua podrida, agua podrida
Agua podrida con casas al lado
Agua podrida con gente al costado
Agua podrida, agua podrida

El trance de Joel fue interrumpido por un cruel, estúpido, mentecato, inculto, bajo, necio, ignorante, burro, torpe y bestia abucheo que ascendió hasta la primera planta, hasta la fila detrás de la suya. Maslíah tuvo que parar. Se levantó, cerró la tapa del piano y se marchó. *Si no quieren que cante, no canto,* pareció confesarle al micrófono. Joel no lo pensó dos veces. Pacheco no tuvo tiempo de actuar. Joel se levantó, agarró justo al que tenía detrás por el cuello, lo arrastró hasta el balcón y le sacó medio cuerpo fuera.

–¿Vas a seguir gritando? –El hombre siguió gritando; pero esta vez de miedo. Pacheco tuvo que recordarle que abuchear y gritar pueden ser sinónimos, pero no son lo mismo; para que lo devolviera a una posición natural, libre de peligro por caída involuntaria. –Como vuelva oír gritar a alguien, juro que lo tiro por el balcón –amenazó con contundencia y para que no quedara duda alguna, insinuó que llevaba pistola en la espalda, sujeta por el cinturón. Arriba se hizo un silencio, que se propagó hacia abajo devuelto por alguna mirada curiosa hacia arriba. Uno de los organizadores salió al escenario para desaprobar tan indigno comportamiento y arengar al respeto. El público se calmó. Maslíah regresó al escenario. Los espectadores de las dos filas posteriores a la de Joel se marcharon; también algunos hacia los laterales. Cuando el concierto terminó y Joel aplaudía con lágrimas en los ojos, más de medio teatro estaba vacío. Al menos no olía a agua podrida.

En el lobby esperaban algunos policías a Joel. Les ordenó que hablaran con Zacarías, con el mayor Zacarías; les informó que él era agente de la contrainteligencia cubana y, por supuesto, estaba cumpliendo una misión; pero esta vez no funcionó. Mientras que Pacheco se perdía en el bulto como si no lo conociera, la policía hizo varias llamadas y luego lo trasladaron a la comisaría de policía más cercana. A veces, solo a veces, las cosas funcionan como deberían.

Margot se llevó un buen susto y un peor disgusto. Cuando llegó a casa Joel no estaba y no sabía cómo localizarle. Podía haberle pasado cualquier cosa. A media mañana, con los ojos como platos, muerta de sueño y cansancio, con los nervios hechos un manojo, Pacheco llamó. Había pasado la noche en la estación, pero ya lo habían liberado y estaba de camino a casa. Habían podido comprobar su historial laboral y médico.

Lo que parecía un arma, no era más que una pistola de plomo de juguete, sin canal para las balas, sin percutor para disparar, sin pintura ni número de identificación; solo era una ficción absurda. Un mayor del ejército dio cuenta de todo y le soltaron sin más; no sin antes informarle que, *aunque esté de servicio, no está autorizado a realizar ese tipo de actos*. Joel lo entendió, saludó y se marchó pensando en Maslíah:

Agua podrida, podrida
Agua podrida, podrida, podrida, podrida
Agua podrida, podrida
Agua podrida, podrida, podrida, podrida

Necesito

Necesito de tu amor para vivir
Como el aire que respiro
Necesito de tu presencia
Como la tierra del sol

Necesito de tu amor para vivir
Como el aire que respiro
Necesito de tu armonía
Como las olas del mar

Necesito de tus caprichos
Como la abeja de la flor
Necesito de tu presencia
Como la puesta necesita del sol

Necesito de tu amor para vivir
Como el aire que respiro
Necesito de tu armonía
Como las olas mar

Composición de Chicho Valdés

Cuidado

Pasó un mes y pasaron dos meses e incluso tres y todo siguió con cierta normalidad, como si Leo Maslíah no hubiese cantado y aquella noche en el teatro no hubiese sucedido. Margot siguió amando a Joel. Joel siguió amando a Margot y a Duna. Duna siguió amando a Joel. Todo sin interferencias. Todo a medias. Una tarde Margot le comunicó a Joel, mientras él componía una canción y ella preparaba la comida, que iba a ser padre. Estaba embarazada. Joel la miró varias veces para asegurarse que no deliraba, que aquel diálogo, que más bien era un monólogo, sucedía ajeno a su canción. La miró con la cara en blanco, ausente de cualquier expresión, hasta que preguntó muy serio:

–¿Has dicho que estás embarazada?

–Sí, eso he dicho hace media hora. Parece que no te entusiasma demasiado. –Joel siguió en silencio otro rato mirando hacia afuera por esa rendija que comunica con el mar.

–¿Voy a ser padre? ¿Dices que voy a ser padre?

–Sí, eso he dicho.

–Esa es la mejor noticia del mundo. ¡Voy a ser padre! –gritó asomado al balcón. Una viejecita que pasaba por abajo le felicitó: *enhorabuena, hijo.* –¡Voy a ser padre! –volvió a gritar una y otra vez, cada vez más fuerte, mezclado con algún: *¿estás segura?*, que ante la afirmación y alegría de Margot aumentaba su entusiasmo. –Es la mejor noticia del mundo.

Llamó a Pacheco.

—¿Estás seguro?

—Claro que estoy seguro —respondió sin saber muy bien de qué quería Pacheco que se asegurara—. Me acabo de enterar. Ven, aquí estoy con Margo. Ven y lo celebramos. —Pacheco dudo un instante antes de responder.

—Es que ahora no puedo. Mañana lo celebramos —dijo y colgó, pero a Joel no le importó. Joel había recibido la mejor noticia del mundo. Era el padre más feliz del mundo y su mujer era la cosa más importante del mundo; como si, por una vez, el mundo se hubiese detenido a saludarle, a premiarle, a bendecirle.

—No hagas nada, tú acuéstate —le ordenó a Margot que era más feliz que él viéndole tan feliz.

—Oye, estoy embarazada, no enferma. Estate tranquilo. Solo he tenido una pérdida de la primera regla. Me he hecho la prueba de embarazo en el hospital, porque lo sospechaba, y ahí está. Pero debo hacer una vida normal y, sobre todo, debes estar consciente que existen muchos riesgos, que aún es muy pronto para saber nada.

—Ok, ok. ¿Cómo le vamos a poner? Si es niña...

—Hagamos un trato —propuso Margot—. Si es niño tú pones el nombre. Si es niña lo pongo yo. ¿Te parece bien?

—Me parece bien. Todo me parece bien —respondió sin percatarse que Margot no conocía el nombre de la Gorda y que, lo más probable, no pensara en ponérselo.

Era un concierto de música culta
y renacían las fuerzas ocultas
de los antiguos maestros geniales,
de los eternos, de los inmortales.

Era un concierto, era el goce más fino
era un contacto con algo divino;
era solemne, era casi sagrado
era un placer de lo más elevado.

Eso cantaba Maslíah y las flautas, violines, trompetas y platillos tronaban en su cabeza. Hubiera dado lo que no tenía por contárselo a G, por adelantar su viaje, pero al final, después de tanta excitación se quedó dormido, aturdido, desmayado, mientras la gente escuchaba a Maslíah con tal entusiasmo que empezó a ascender. Bajo el efecto del arte, subían en busca de la altura correspondiente a esa música pura. Las butacas quedaron vacías, y la gente subía y subía, cada vez más alto en el aire tomado por aquel arte supremo, elevado. La orquesta seguía tocando y la gente se iba estrellando la cabeza en el techo, y los cráneos quedaban deshechos. Y por la fuerza de los cabezazos se fue cayendo el teatro a pedazos; y toda la orquesta quedó sepultada, quedó enterrada, quedó mutilada.

Y los oyentes seguían sin pausa
subiendo, pero ya por otra causa:
ya no era el arte que los elevaba,
era la muerte que se los llevaba.

Cuando la función acabó una voz conocida estremeció a Joel:

–Eh, despierta. Tengo algo que informarte.

–Vete a la mierda –reaccionó Joel–. Me dejaste tirado en aquella mierda de estación de policía. ¿Qué pasa contigo? ¿Desapareces cuando más te necesito?

–No es eso. Es que no podía estropear nuestra misión. Atiende, que esto es importante –ordenó–: Ten mucho cuidado con Margot. Solo eso. ¡Mucho cuidado!

Destrucción total

Margot escuchó algo que le pareció una conversación y le sorprendió sentado en la cama, como si hubiera hablado con alguien que ya se ha marchado.

–¿Estás bien? –le preguntó tocándole un hombro y acercándole la cara a la suya.

–Sí –respondió– ¿Por qué?

–No sé, me pareció que hablabas. –Joel reaccionó. En efecto hablaba, con Zacarías y éste le advertía: ¡*Cuidado!*

–Oye Margo, ¿por qué debería tener cuidado contigo? –Todo iba bien. ¿Por qué tendría que tener cuidado ahora? ¿Ahora que todo iba bien?

–No tienes que tener ningún cuidado conmigo. Si de alguien puedes confiar... es de mí. Voy a tener un hijo tuyo. ¿Por qué tendrías que tener cuidado? –Margot empezaba a agobiarse. No podía ser. No podía creer…

–¿Cómo sé yo que no eres de la seguridad del estado o agente de la CIA? –Margot lo miró con la menor incredulidad que pudo. ¿Cómo iba a ser ella agente de nada? Ella era enfermera. Punto. Nada más. Ella trabajaba allí como podría trabajar en cualquier otro hospital, incluso no psiquiátrico. ¿A qué venía eso ahora?

–Joel, yo no soy agente de nada y jamás haré nada que te pueda hacer daño. ¿Se te ha olvidado que cuidé de ti? –Joel callaba. Le hubiera gustado preguntarle más cosas como: ¿por qué ya ni siquiera quería acostarse con él?, ¿por qué ya nunca tenía ganas?, ¿por qué a veces ni se venía?, ¿por qué ya no dormía desnuda?, ¿era porque le daba náuseas?, ¿era porque tenía su misión encaminada?, ¿era porque era una espía de categoría, de esas capaz de parir con tal de cumplir su misión?, ¿ese hijo o hija era suyo?; pero, por fortuna, no preguntó nada. En su cabeza intentaba conectar con Zacarías, pero el muy cabrón no aparecía. Durante mucho tiempo, Joel pensó que el mayor le vigilaba; pero, no tardó en enterarse de su verdadera misión: prepararse para algo bien grande, para evitar la destrucción total; no la de La Habana del Este, no la de la capital, no la de la isla de Cuba, sino la destrucción del mundo: la destrucción TOTAL. Él había sido el elegido. Él tenía poderes. Él había sido un Avispa Negra.

Margot salió corriendo. Se sentó en el parque y lloró. Lloró como una plañidera profesional cuando conoce el dolor, como una manguera rota, como un manantial sin río. Lloró con desesperación, con las tripas fuera del cuerpo, con toda la vulnerabilidad que jamás había imaginado. La gente se le acercó y gritó y suplicó que le dejaran sola, que si tenía que abortar prefería no tener testigos y el público huyó ante tanta desesperanza. Después, cuando se sintió vacía, cuando ya no tenía más líquido que malgastar regresó para recoger sus cosas y largarse.

Pacheco estaba ahí, solo, en la sala. Joel seguía en su habitación, tal y como lo había dejado casi dos horas antes. Recogió cuatro cosas en una jaba y salió sin decir palabra. Pacheco salió tras ella.

–Espera, que te acompaño –dijo y corrió tras ella que no necesitaba más compañía que estar sola–. ¿Qué ha pasado? – Margot lo miró sin saber muy bien si debía dar alguna explicación. En definitiva, Pacheco era su mejor amigo. Su único amigo en tierra firme porque el otro, G, estaba demasiado lejos.

–Cree que le espío, que soy una agente. Cree que estoy con él para controlarlo y que... y que tiene que cuidarse de mí; eso dijo, cuidarse de mí. ¡Por Dios! Llevo dentro un hijo suyo. – Pacheco no sabía muy bien qué debía hacer o decir en estos casos y desconocía que a veces es mejor no hacer o decir nada. Él sabía que todo era cosa de Zacarías, pero desconocía si era mejor o peor que lo supiera Margot.

–Debe estar empezando una recaída.

–Pero si está tomando su medicación.

–¿Estás segura? –preguntó y no, no podía estar segura. Ella podía estar segura de dársela, pero no de que bajara por su esófago hasta el estómago. En ese justo momento, ya no estaba segura de nada.

Quedaron en silencio en la parada y como algo anómalo, comparable al aterrizaje de un OVNI, apareció un taxi, e iba vacío y paró ante la señal de Margot y se dignó a llevarle donde quisiera. Pacheco se despidió para volver con su amigo. *No te preocupes*, le dijo. *Yo me encargo.*

Norma

Pacheco sabía cómo funcionaban esas crisis. Había sobrevivido a unas cuantas. Era difícil saber cómo empezaban, Joel las ocultaba como un *pitcher* la bola, pero era muy fácil prever cómo terminaban. El final siempre era el mismo: el ingreso. Era como si saliese del hospital una persona, más bien un espectro de persona, poco a poco se transformara en Joel y se pasara de frenada para terminar siendo otra persona, más bien un engendro de persona poseído por algo inexplicable. O la medicación no funcionaba o él la burlaba, incluso teniendo una enfermera en casa.

Fue el propio Pacheco quien llamó a la clínica. Fue el propio Pacheco el que abrió la puerta; aunque no se atrevió a reducirlo, ni a ayudarles a reducirlo. Podía perder un brazo o los dos; pero, lo peor, podría reservarle alguna fecha de mutilación en un futuro cercano. Joel pataleó, mordió, rabió, gritó, forcejeó, pero el protocolo de reducción era superior a su desesperación. Finalmente lo redujeron y lo sacaron atado a una camilla. Pacheco se escondió en el baño, como si no tuviera que ver con todo aquello, hasta que sintió que se marcharon, hasta que el silencio fue suficiente; luego cerró bien la puerta, levantó el teléfono y llamó a Margot. *Se lo acaban de llevar*, informó. Margot no dijo nada. No había nada decir. Siguió en ese silencio que nadie más debía oír; ni siquiera su hijo.

Esa tarde lo vio, como una máquina desenchufada. Él no podía verla y aunque pudiese, quizá no la hubiera reconocido. No debía estar allí; solo por rigor profesional no debía atenderle; pero ella estaba herida. Sabría hacerlo. Sabría estar, a la vista de nadie. Sin embargo, esa misma tarde pidió traslado a otro pabellón. Ella no quería estar a la vista de nadie. Quería que todo lo que había pasado se esfumase, como si no hubiera ocurrido, como si pudiera borrarlo, como si fuera posible cambiarlo. Un médico de confianza le advirtió: *para este tipo de enfermedad existen más bien remedios que curas. A veces funciona mejor, a veces peor.* Joel era una especie de ratón de laboratorio, pero eso ella no lo sabía.

Duna fue a verle, muchas veces; le acompañó Pacheco, todas las veces. Siempre se mantuvo distante, como si llevara gafas de sol para contemplar un eclipse. Joel no reaccionó; ninguna de las veces. Los miró, se intentó incorporar y regresó a donde quiera que estuviese, una y otra vez. Quizá Duna era una enfermera más. Quizá era otra agente que venía a estropear su misión. Quizá también debía cuidarse de ella. Zacarías estaba allí, sentado en una silla verde pálido, en un rincón. Joel podía hablar con él cuando quisiera, pero no quería. Estaba cabrón. Él ordenaba sin importarle las consecuencias. Era duro. Joel sabe lo que son las órdenes, y lo que significa cumplirlas.

Así pasaron largos meses en los que Duna y Margot jamás se encontraron; ni a la entrada, ni a la salida, ni en un pasillo. Pacheco era el vaso comunicante, el hilo que aún conectaba a Joel a la tierra. Así transcurrió el mismo ciclo mediante el cual enchufaban a Joel a la corriente y probaban a ver si funcionaba. Los "electro sueños" estremecían todos los circuitos; algunos se rompían, otros se arreglaban. Joel intentaba salir del hoyo. Pacheco podía verle las manos en los bordes, pero el hoyo era como el agujero negro que abrió la Gorda, que, en lugar de cerrarse, se abre y los zombis se mueven con torpeza entre la vida y la muerte.

Su limbo se mojaba, como los demás, cuando llovía, pero era particular. Era viscoso, perezoso, asqueroso. En el limbo, los lobos solo son ratas blancas de ojos rojos con cerebros hiperconectados. El tiempo pasaba y el botón de RESET seguía sin funcionar. Quién sabe cuántas cosas se borraban de su memoria. Quién sabe cuántas cosas recordaría.

Cuando Margot estaba a punto de dar a luz, cuando G estaba a punto de llegar, Joel se puso de pie. Miró hacia fuera por la ventana clausurada y habló a Pacheco:

–Tengo la sensación de que a mi mamá le ha pasado algo malo. –Pacheco se estremeció.

–Bróder, tu mamá falleció hace tres años y pico.

Joel no dijo nada. No tenía sentido llevarle la contraria; en definitiva, Pacheco entraba y salía de allí, a diferencia de él. Debería hacer el luto de nuevo. La carga del cerebro no es como la carga de la batería de un carro; a veces no llega y otras se pasa, en ninguno de los dos casos consigue que arranque de nuevo.

Margot parió sola una niña hermosa idéntica a su padre, el mismo día que le dieron el alta. Resultaba inquietante, pero la alegría consiguió superar la inquietud. La niña se llamó Norma.

Ya la tocarás

Pacheco comunicó el nacimiento de su hija Norma a Joel más breve que conciso:

–Bróder, ya eres un puro.

Pero Joel apenas reaccionó; a veces puro quiere decir padre, a veces tabaco. Su vida siguió en cámara lenta, siguiendo el mismo ritual que, por olvidado, resultaba desconocido. Joel era como una planta que una enfermera regaba a diario, reaccionaba al sol y se movía un milímetro cada un cuarto de día. Así se perdió el primer mes de Norma. Así recibió a G y así tomó la Fender que le trajo de regalo.

–Yo no sé tocar esto.

–Ya la tocarás –dijo con seguridad y no continuó con: *ya lo grabarás y me lo enviarás,* porque quizá no sabría ni de qué hablaba. G dejó un pequeño MiniDisc Walkman Sony a Pacheco y una docena de cartuchos de ochenta minutos; algunos nuevos, otros grabados con sumo cuidado para él. *Cuando pueda tocar grábalo,* le encomendó, *y mientras, ponle a los Beatles, eso le ayudará.*

Pacheco se comprometió con el encargo y le puso al día de los acontecimientos, pero ocultó lo del parto de Margot; quien sabe si por olvido, quien sabe si por no complicar más las cosas. Así de simple: lo ocultó; cualquiera podía entender que una persona, en ese estado, estuviera tan sola.

G regresó a Madrid sin saber de la existencia de Norma. Joel se quedó sin saber de la existencia de G. La Habana siguió sin saber de la existencia del mundo. Todo siguió su curso como si fuera natural.

Ningún hermano de sangre de Joel apareció. Ninguno supo que eran tíos. Margot sustituyó todas sus frustraciones, decepciones y tristeza por el amor hacia Norma. Todo fue amor, aunque no fuera completo; aunque no fuera total. Norma se movía, balbuceaba, lloraba y, de cierta manera, la imagen ineludible de Joel volvía con ese olor fresco de bebito. Margot extrañó a Joel. Mucho, lo indecible; pero tuvo miedo, mucho miedo. *Quizá*, pensó, *se curaría y todo podría volver a ser como lo fue una vez.* Margot comprobó, lejos de cualquier intuición, que Duna era solo un aroma agradable para el olfato de Joel, que no era competencia sino aliada y deseó, con todas sus fuerzas que Joel, algún día, la quisiera, tanto como le amó.

G se fue con sus problemas a otra parte y Pacheco siguió con sus problemas en la misma parte y Joel también, en ninguna parte. Todo siguió después de aquel verano y llegó fin de año y comenzó uno nuevo cuando a Margot le pareció ver a su olvidado exmarido: el maltratador. Como si fuera un fantasma o un gato negro, como una sensación, le abordó agazapado desde donde no era visible, pero sí sensible. No le vio, le percibió; como si, de repente la pesadilla se enredara en una pesadilla aún peor.

Margot puso doble seguro a la puerta y se encerró todo lo que era posible encerrarse en un lugar donde todos vivían encerrados. Solo salía cuando la calle rebosaba de gente. Solo encargaba lo imprescindible para comer a una vecina del edificio que, igual que ella, vivía sola, sin marido y, por eso, era repudiada por muchos otros vecinos por la eterna sospecha de su femineidad, de su sexualidad.

A Margot no le importó lo más mínimo. Que le acusaran a su espalda de lesbiana no era un problema; que su exmarido la matara como una perra, sí. Así transcurrió ese tiempo en el cual lo único parecido a la vida era Norma. Así pasó hasta que la sensación se materializó.

Margot le vio de lejos, en la esquina de su casa. Le vio recostado a la pared, con ese gesto inequívoco de superioridad. Le vio fumar con la tranquilidad del que vigila, con el peso de la calma que precede a la tormenta. Le vio y sintió que se le clavaban mil agujas en las piernas y que el corazón bombeaba con tanta desesperación que le dolió el esternón y los pulmones no podían llenarse aire. Le vio y sintió un colapso que, en cualquier momento, le impediría correr o gritar. Se asustó tanto que un hombre le preguntó si estaba bien y ella le respondió: *no, por favor, ayúdeme a llegar a mi casa*, y aquel desconocido la tomó del brazo y le acompañó los poco menos de diez metros que faltaban y ella intentó abrir la puerta y se le cayeron las llaves y no podía agacharse, ni dejar de mirar hacia donde le vigilaban, aunque no viera su cara. El hombre se agachó, recogió el llavero, abrió la puerta y Margot entró como un bólido y cerró las puertas en las narices de su salvador improvisado con toda la mala educación que el momento exigía. No estaba para pedir disculpas. No estaba para delicadeces. Cerró todas las ventanas, apagó todas las luces y se sentó mirando hacia la puerta esperando un *toc, toc*, en cualquier momento. De repente, se iluminó, cogió el teléfono y marcó el número de Joel. Contestó Pacheco.

–Menos mal que estás ahí. Ven ahora mismo, por favor –le suplicó sin preguntarse si Joel estaría bien solo, si tenía a una enfermera con él o siquiera si estaba. Le imploró sin darle tiempo a decidir, sin ignorar que Pacheco, el mejor amigo de Joel, era su único "amigo"; el único ser al que podía llamar y ordenarle: *ven ahora mismo*, porque sabía que vendría.

Darte amor

Regálame solo tu pequeña sonrisa
Un poquitico de amor es lo que quiere mi cuerpo
Refugiarme en lo profundo de la noche
Amarte hasta que salga el sol

Hay no, no, no, no, no me niegues un beso
Hay no, no, no, no, no me niegues un beso
Yo solo quiero darte amor
Yo solo quiero darte amor

Un pedacito de cielo es tu cuerpo
Un cocullito alumbrando a lo lejos
Un pajarillo retozando entre las flores
Mi fantasía es darte amor
Mi fantasía es darte amor

Hay no, no, no, no, no me niegues un beso
Hay no, no, no, no, no me niegues un beso
Yo solo quiero darte amor
Yo solo quiero darte amor

Composición de Chicho Valdés

Pacheco

Pacheco y Joel eran amigos desde antes de nacer. Si no fuera porque no se parecían en nada, se podría decir que eran hermanos: hermanos de verdad, hermanos de un día sí y otro también, de los que desconocen que día uno escogió al otro para ser su hermano o si ni siquiera se eligieron. Vivían cerca, lo mismo que de G, el único hermano, por entonces, sospechoso de cambiar de nacionalidad.

Pacheco tenía las llaves de la casa de Joel y luego tuvo las llaves de la vida de Joel. Pacheco no podía negarse a nada que tuviese que ver con su hermano; así que salió corriendo a la llamada de Margot y llegó todo sudado como si hubiese corrido de manera literal de La Habana del Este a Centro Habana. No tocó a la puerta. Sabía que podría asustar a Margot. Llamó con timidez por la ventana, con un volumen que no conseguiría molestar ni a sus tripas hambrientas. Margot abrió, sacó la cabeza, miró hacia la esquina, no había nadie; miró a todas partes trazando un arco imaginario, no había nadie; miró hacia arriba, tampoco. Pacheco entró y la puerta se cerró a cal y canto.

–¿Qué pasa? –preguntó y Margot le explicó y le pidió disculpas por llamarle de esa manera, aunque no hicieran falta, y le confesó lo muerta de miedo que estaba. Mientras, le ofreció un plato de comida que Pacheco aceptó, y se sentaron a la mesa y aunque ella hablaba en voz muy baja, él la entendió como si lo hubiera leído. Entonces Margot se calmó y Pacheco le habló de Joel y le contó que estaba mucho mejor. Que al parecer el mayor Zacarías había desaparecido. Le contó que G había venido de vacaciones y le había regalado una guitarra; le contó que había empezado a tocarla, que había empezado a caminar, que le preguntaba todos los días por ella.

–¿Por qué no me ha llamado?

–Porque cree que tú le abandonaste y tiene miedo, mucho miedo, no ser un buen padre o que tú lo rechaces de nuevo. Le aterroriza asustar a su hija como te asustó a ti; ya le dije que era una niña, le pasé las fotos que me diste. Él hasta le ha escrito una canción. El coro dice:

Hay no, no, no, no, no me niegues un beso
Hay no, no, no, no, no me niegues un beso
Yo solo quiero darte amor
Yo solo quiero darte amor

Margot empezó a llorar. No por el miedo por el que llamó a Pacheco, sino por lo injusta que había sido. En efecto ella le había abandonado. Ella temía que se volviera violento. Ella no podía pasar por eso de nuevo. Ella alejaba a Norma de él y él solo quería darle amor. ¿Había sido mala? ¿Había sido ingrata? Ella sabía culparse, con rabia, con vehemencia, con dureza. Ella sabía maltratarse.

–Solo quiero estar segura de no equivocarme.

–Nadie puede estar seguro, Margot, nadie. Equivocarse es de humanos.

–Hagamos un trato. Cuando sea el momento, dímelo. Tú eres el que más cerca está de él. Tú lo conoces mejor que yo. Hagamos ese trato.

–Está bien. Cuando sea el momento, te avisaré. Ojalá eso ocurra Margot, ojalá –dijo y sus ojos brillaron más de la cuenta y Margot se levantó y le abrazó.

–¿Quieres que me quede? Por si acaso...

–Si, por favor, quédate esta noche. Me muero de miedo nada más pensar que ese tipejo aparezca de nuevo. ¿Qué puede haber pasado para que esté aquí?

–¿Tú estás segura de que era él?

–Podría jurarlo.

–Ok, ok, solo era para estar seguro.

–Voy a prepararte el sofá para duermas cómodo. Es pequeño, pero tú tampoco eres tan grande.

–No te preocupes, como quiera estaré bien –dijo y después llamó a su casa y les advirtió que no le esperaran y luego llamó a Joel y le prometió que lo vería por la mañana; pero no dijo ni una sola palabra a nadie acerca de dónde dormiría. Era la primera vez que dormía con Margot, aunque fuera cada uno en su cama.

Lo que tenga que ser

Pacheco intentó no roncar, ni levantarse a mear en medio de la noche. Intentó olvidarse del lugar en donde estaba. Lo intentó y soñó que él, el trabajador social, el hombre que ayudaba sin interés a cualquier mujer necesitada de amor, había encontrado el amor. Había una mujer que le amaba y quería un hijo suyo. Soñó con tal intensidad que tuvo una erección de caballo y tuvo que ir al baño a masturbarse en silencio para evitar una tragedia peor en el sofá.

Margot había dejado la puerta entreabierta y la luz de la luna penetraba por la pequeña ventana iluminándola con suavidad. Ahí estaban las dos, ajenas a todo, tranquilas, seguras. Quizá Margot soñara con que alguien le amara; quizá había una esperanza. Hacía calor y dormía sin cubrirse por una sábana y la bata de casa se alzaba dejando todo el culo a la intemperie. Pacheco sintió otra gran tensión bajo sus calzoncillos, pero no estaba para más pajas y tampoco para traicionar a su amigo. No, Margot debía ser vista como una hermana, aunque no estuviera con Joel, aunque nunca más volviera a estarlo. Margot, para él, debía ser como un hombre.

Pacheco se tumbó boca arriba sobre el sofá e intentó dormirse, pero no pudo. Intentó no pensar en nada, pero no pudo. Intentó desmayarse, pero tampoco pudo. Intentó morirse de una vez, pero tampoco pudo.

Margot se despertó pronto. Apareció en el salón con Norma en brazos. Pacheco se sentó y ella la puso en sus brazos. *Mira que linda es*, le dijo y Pacheco pudo ver, en esa carita satisfecha y tranquila, una miniatura de su mejor amigo. *¡Coño, es cagada a su padre!*, le salió del alma y Margot sonrió. No tenía leche para darle, pero si un jugo de piña que había conseguido y un pan pequeñito y circular con algo dentro que parecía queso. Desayunaron en la misma mesa. Pareciera que la razón por la cual Pacheco estaba allí había desaparecido. Pareciera que el mundo fuera otra cosa. Pareciera que Joel debería disfrutar de esa paz y no él.

–¿Quieres hablar con él? –le preguntó.

–¿Crees que es el momento? Hicimos un trato.

–En realidad, nadie sabe si habrá un mejor momento; lo único que puedo decirte es que este no es el peor momento.

–Yo no puedo estar aquí sola con Norma. Si crees que puede ser un buen momento, tendremos que arriesgarnos –y dijo "tendremos", en plural, y Pacheco intuyó que él no formaba parte de ese "tendremos"–. Me visto, la preparo y vamos a verlo. Lo que tenga que ser... será.

Y lo que tuvo que ser... fue. Al salir de la casa no había nada que oliera sospechoso; tanto, que podrían parecer exageradas las medidas extremas tomadas por Margot para proteger su integridad física y la de Norma. Nadie ni nada similar al "maltratador" en todo el rango visible, incluido el plano vertical. Al tomar la guagua, Pacheco le insistió a Margot llegar primero y le pidió, por favor, que no mencionara nada en relación con su pernoctación improvisada en el salón en su casa. *No vaya a ser que no lo entienda y le siente mal y se joda todo.* Margot no entendió qué se podía joder más de lo que ya estaba o por qué le podía sentar mal, pero sí, prefiero llegar como si Pacheco no aguardara dentro esperándolas. Dio un rodeo lo suficiente largo y ancho y luego enfiló, con el corazón en un puño y el cerebro en el otro, hacia el hogar que hasta hacía poco había sido suyo y del que ya no sabía nada.

Tocó, Pacheco abrió como si fuera a un extranjero, saludó más tibio que alegre, más dudoso que firme y las invitó a pasar. Joel, como atraído por una fuerza oculta, cruzó el umbral de su habitación y las vio allí, de pie junto a la puerta. A Margot le pareció delgado y fuerte, tranquilo y relajado. A Joel les parecieron hermosas y divinas, exóticas y luminosas. Tuvo que agarrarse a una silla para no caer al suelo mientras lloraba sin ningún tipo de pudor. Margot puso a Norma en los brazos de Pacheco y se acercó para levantarle. Joel la abrazó mientras continuaba con su llanto. *No puede ser, no puede ser*, repetía. Pero sí era, sí estaban allí: la mujer que amaba y la hija a la que amaba antes de nacer. La abrazó con la gratitud con la que un náufrago se agarra a un trozo de rama y ella se dejó abrazar. *No llores, no llores más, ya no hace falta que llores*, le dijo acariciando su cabello. Joel se separó de Margot lo justo para acercarse a Norma. La contempló con toda la suavidad que conocía para no hacerle daño, la miró como si descubriese la belleza del mundo, como si aquella aparición justificara su vida. *Puedes cogerla*, le pidió Margot; pero él no se atrevía. Él no quería ensuciarla, no quería molestarla con su olor. Él se sentía como un enorme gorila ante aquella mariposa frágil. Margot recuperó a Norma de los brazos de Pacheco. *Siéntate*, le ordenó con cariño. Joel obedeció en el acto y ella se acercó y puso a Norma en sus brazos y la niña se comportó como si estuviese en el mejor lugar del mundo para estar y chupeteó sus manitas mientras emitía esos extraños ruidillos de ternura. Así estuvieron los dos, mirándose, sintiéndose, conociéndose, durante toda la tarde. Joel no se atrevió a moverse, a levantarse, a respirar, con tal de no alterar aquel momento.

–¿Quieres que nos quedemos? –le preguntó Margot–. ¿Estás listo? –Joel no dijo palabra, solo asintió con la cabeza, y con los pies, y con el tronco y con toda su alma. Él no sabía si estaba listo o no, pero sí, sin ninguna duda, que aquella era la experiencia más maravillosa que era capaz de recordar y que no quería estropearla. Por nada del mundo quería estropearla.

Chicho

Así pasó el primer cumpleaños de Norma y el segundo, y el tercero...; así, hasta el quinto. Joel supo cuidar de Norma y de alguna manera, Norma parecía saber cuidar de Joel. A veces los niños traen instrucciones de serie, grabadas en alguna zona de excepción, para ordenar el estado de las cosas. A veces los padres aprenden a leerlas, a ejecutarlas y a respetarlas. Joel recuperó todo su esplendor: un lustre superior al que tuviera nunca; incluso a cualquier lustre anterior a su primera crisis. Joel supo lo que era el amor y lo repartió sin miseria, sin misericordia, sin pudor.

La tía Duna les visitaba a menudo. La madre Margot aprendió a aceptarla primero y a quererla después. Se podría decir que llegaron a ser amigas, buenas amigas; todo lo amigas que pueden llegar a ser dos mujeres que aman al mismo hombre desde un punto de vista diferente. Dos mujeres sin las que Joel no querría, ni podría vivir. Dos mujeres que no eran las "mujeres de su vida" porque este lugar fue ocupado por la pequeña Norma. Norma saqueó su corazón, sus sueños, su futuro.

Joel, al igual que G, estaba enamorado y así se lo escribía en sus apresuradas cartas; tenía para dar y recibir. La mala suerte se fue, con el rabo entre las piernas, con su música a otra parte. El gato negro perdió su séptima vida. Se acabó. Eso pensó Joel. Eso pensó Margot y Pacheco y también Duna.

Joel volvió a la guitarra y al canto y a la composición y toda esta vuelta parecía una espiral en la que, cuanto más daba, más recibía; cuanto más ascendía, más alcanzaba. Aquellos fueron los cinco años más felices en la vida de Joel y para celebrarlo, decidió cambiar de nombre. Chicho Valdés, sería su nombre artístico. Joel murió. Chicho nació. Todo el mundo debería llamarle, a partir de entonces: Chicho; incluidos Pacheco y G, Duna y Margot.

Chicho volvió a nadar, e incluso enseñó a nadar a Norma. Los arrecifes son peligrosos y ella debía estar preparada, como una pequeña avispilla negra, para afrontar cualquier peligro. Los niños deberían saber nadar antes que hablar o correr porque algún día, inexorablemente, caerán al agua; ya sea en un cubo, en una piscina o en el mar, el agua asecha como un depredador en apariencia dormido. Norma se movía como un pez, trepaba por los arrecifes como un cangrejo, contaba las olas y sabía, mejor que Duna y Margot, como entrar y salir en aquellas pocetas naturales, rara vez quietas; las mismas en las que aprendieron a nadar, muchos años atrás, Joel, Pacheco y G.

Chicho era una especie de jubilado precoz; lo que le convirtió, de cierta manera, en una especie de educador, asistente y entrenador personal de Norma. En todo ese tiempo le leyó cuentos, le cantó canciones y le animó a cantarlas con él, le enseñó los números, las letras, las palabras, los alimentos y muchas más de aquellas cosas que los padres y abuelos intentan propagar como pueden. Él estaba libre veinticuatro horas, él era el amo de la casa. Iban juntos a comprar el pan o lo que fuera que llegara a la bodega o al mercado; cocinaban juntos, Joel para los dos y Norma para sus muñecas; cantaban y bailaban juntos y en los días de buen tiempo, paseaban o nadaban por la costa. Chicho, el artista antes llamado Joel, y Norma, la niña más bella, inteligente, graciosa y amorosa del mundo formaban una especie de yunta indisoluble que apretaba el amor de Margot y arreciaba la ternura de Duna. Todo fue amor y futuro hasta que se ahogó aquella niña a la que Chicho intentó salvar sin éxito y Joel intentó acompañar en su ultimo nado.

El mar estaba picado. Había mucho viento. Chicho y Norma caminaban por los arrecifes con cuidado de no meter los pies en las pequeñas pocetas saladas, con cuidado de no caerse, con cuidado de que ninguna ola les bañara. Caminaban y se detenían y recogían alguna concha y la tiraban todo lo lejos que podían en dirección al mar. Norma acercaba sus dedos a las afiladas puntas de los erizos, que se movían como un radar en busca de una señal, con cuidado de pinchar. Ese era el mar que conocían, que disfrutaban y compartían muchas tardes. Paseaban sin prisa cuando Chico escuchó gritos de desesperación. *Párate aquí*, ordenó a Norma y corrió hacia la orilla. Una mujer en cuatro patas sobre el diente de perro estiraba la mano con la esperanza de agarrar la de su hija que era zarandeada por las olas, una y otra vez, como una esponja arrancada del lecho marino. La niña nadaba hacia su madre, pero el oleaje furioso la hundía y desorientaba. La niña estaba agotada y su madre histérica. Cuando apareció Chicho, como una especie de ángel, la niña había desaparecido. Su cabecita chocó con la roca y perdió el conocimiento. La niña desapareció entre aquella espuma blanca que dificultaba localizar su cuerpo. Chicho se tiró al agua, sin contar las olas, sin esperar la más grande, sin calcular la distancia al fondo. Se tiró como se tira un pelícano o una gaviota o un albatros, pero él no era un pelícano, ni una gaviota, ni un albatros. Se golpeó contra el fondo y aunque no perdió el conocimiento, se desorientó. Fue como si aquel impacto hubiese desmantelado sus sentidos momentáneamente. Debajo del agua pudo verla a merced de aquella monstruosa fuerza natural; pudo verla tras miles de burbujas y trozos de alga y de coral, todo en suspensión; pudo verla y extender su mano y agarrarla y subirla a la superficie; pero no pudo alcanzar la orilla. Lo intentó con las piernas, con el brazo que le quedaba libre, mirando hacia el cielo, debajo del cuerpo. Lo intentó de todas las maneras que pudo; pero el oleaje lo devolvía a ninguna parte firme una y otra vez.

¡Papá!, ¡Papá!, escuchó la voz de Noma muy cerca, demasiado cerca; entonces pudo verla al lado de aquella mujer y fue tal el sobrecogimiento, fue tal la conmoción, fue tal el pavor que, como si lo hubiera practicado mil veces, como si hubiera sido entrenado para ello cada día de su vida, como si estuviera en su naturaleza, alcanzó la mano de la madre desesperada en un solo y único gesto. La alcanzó y la madre, con la fuerza de un animal monstruoso, le remolcó al arrecife y le libró de su hija inconsciente. Él se arrastró sin ser un pulpo. Él trepó por esos dientes afilados sin ser cangrejo. Él solo quiso alejar a Norma del peligro y, cuando su cerebro generó la orden de misión cumplida, se desmayó. Perdió el conocimiento sin poder reanimar a la niña. Se fue del aire sin poder consolar a su pequeña. Norma vio el cuerpo de la niña inerte sobre su madre que solo podía gritar. Norma vio el cuerpo de su padre encallado a merced del oleaje. Norma tenía solo cinco años. Aún sus padres no le habían enseñado a reanimar muertos. Aún sus padres no le habían hablado de primeros auxilios, mucho menos de segundos o terceros. Aún tenía cinco años, pero Norma sabía hablar y correr y corrió hasta donde se tropezó con un adulto y habló hasta que le entendió y aquella persona dio la voz de alarma y regresó con ella por si hiciera falta, pero poco pudo hacer; tampoco la policía y los sanitarios de emergencia, cuando llegaron mas de tres cuartos de hora después. Solo pudieron realizar una reanimación cardiopulmonar a su padre y otra a la madre. Ambos estaban fríos, húmedos, pálidos, acelerados, desconectados, debilitados, destrozados; ella con signos de vida, él no. Norma vio como recuperaron a ambos, pero no a la niña que estaba demasiado fría, húmeda, pálida, desconectada y rota.

Anamnesis

Ese día trágico en el cual una niña, quizá de la misma edad de Norma, murió y una mujer y un hombre comenzaron a morir, apenas hubo palabras. Chicho no paraba de temblar y de llamar a su hija. Ella estaba a su lado, en su cama, en su casa; pero él escuchaba el rugido del mar, los gritos de aquella madre enloquecida, el sonido sordo de la marea. Él sentía que su hija caía al agua y luchaba por alcanzarle y por agarrarle y ponerle a salvo. Margot tuvo que suministrarle un tranquilizante de caballo; pero, en cuanto pasó el efecto, todo volvía a aquel momento, lejos de allí.

Así transcurrió el primer día y el segundo y el séptimo sin que la fiebre, el delirio y la desesperación remitiera. Margot llamó al hospital; había hecho todo cuanto podía hacer para nada. Chicho seguía en un estado indefinido, frío, húmedo, desconectado; un estado muy similar a otros conocidos en el que había una orilla que no era capaz de alcanzar por mucho que lo intentara. La ambulancia llegó a mediodía y se lo llevó, a pesar del dolor de Margot y del llanto de Norma.

Margot estaba preocupada, alterada, disgustada, irritada, enfurecida, dolida, malhumorada, contrariada. Margot no sabía muy bien qué hacer o qué pensar, o a quién acudir. Se sentía sola y desolada; más que una piedra en el universo, más que un grano de arena en el desierto, más que una pluma en medio de una tormenta; pero el hecho de no tener a nadie con quién hablar para saber qué hacer, qué pensar, provocaba un ciclón de disgusto, irritación, furia, dolor, malhumor. Así estaba hasta que se atrevió a marcar el único número que podía marcar, una especie de número de la esperanza.

–Hola Duna, ¿puedes hablar?

–Claro, ¿qué pasa? –Duna sabía que Chicho y Joel, ambos, estaban ingresados. Aún no había ido a verle. Aún era pronto para ella, aunque quizá fuera tarde para él. Solo esperaba que, en cualquier caso, no fuera "demasiado".

–No sé si estoy más asustada que cabrona –empezó a improvisar con la esperanza de que le llegasen palabras y frases mejores–. No sé si estoy más preocupada que... –y buscó y buscó en su memoria para no decir una mala palabra, para no insultar a Duna, para no cagarse en Dios, pero no la encontraba.

–Tranquila, tranquila Margot; es una situación muy extrema.

–¡Extrema! ¡Es, es... –y le ocurrió lo mismo. ¿Cómo se puede decir... por encima de lo anormal? ¿Cómo se puede decir... más allá de cualquier límite?

–Si Margot, así mismo es, pero tranquilízate; Norma y Joel están a salvo. No les pasó nada.

–Norma está viva, pero podía estar muerta. No sé cómo se me ocurrió que pasear por la costa ellos dos solos fuera algo "normal", no sé có... –Duna le interrumpió. No le dejó terminar. La dejó con la palabra en la boca.

–No es tu culpa Margot. Tampoco es culpa de Joel. Han hecho lo mismo cientos de veces y no ha pasado nada.

—Y en la ciento una, casi los pierdo a los dos. No sé qué hacer.

—No hay nada que puedas hacer Margot, que estar tranquila y seguir cuidando de los dos.

—Yo no puedo tener dos hijos Duna, con una niña pequeña me basta. —Duna entendió que Margot culpaba a Joel por el "accidente", aunque quizá ella hubiera hecho lo mismo. Norma era muy inteligente y madura, y tanto, que supo contener el pánico, supo pedir auxilio, supo sobrevivir; pero nada que le dijera a Margot podría convencerle. Margot ya había hecho su juicio y lo que no sabía, en realidad, era quién iba a aprobar lo que haría o pensara. Duna sabía que nada importaría qué dijera o dejara de decir, que todo el pescado estaba vendido, qué daba igual si saliera cara o cruz al tirar la moneda.

Duna le ofreció ir a verla. Margot aceptó. Necesitaba desahogarse y lo hizo. Necesitaba relajarse y lo intentó. Estaba como una furia porque no podía confiar en la estabilidad de Joel. Había puesto en peligro la vida de su hija, aunque fuera lo más importante que le hubiera ocurrido en su vida. La había puesto en riesgo por la vida de otra niña a la que no conocía y no era ni remotamente importante en su vida. No podía entenderlo y Duna no podía explicárselo; pero eso, en algunas personas como Joel, es normal. El altruismo tiene, si existe, una difícil explicación. Duna lo conoce como comportamiento prosocial; incluso algunos animales lo practican; pero Margot no está en condiciones de recibir charlas técnicas y teóricas. Margot solo necesita una oreja, y un hombro y un brazo y Duna tiene orejas, hombros y brazos.

—Trae a G, necesito que venga —ordenó sentado en la cama.

—G no puede venir y nosotros no podemos traerlo. Ya lo sabes.

–Me importa una mierda, quiero que venga G –ordenó como un niño que promete no comerse su comida si no se le concede su capricho. Zacarías no dijo una palabra –. ¿Por qué coño estoy aquí? Quiero ver a mi hija –Zacarías continuó en silencio–. ¿Estas sordo? ¡Quiero ver a mi hija! ¡QUIERO VER A MI HIJA! ¡NECESITO A MI HIJA!

–No es tu hija –dijo Zacarías sin mirarle la cara. Los ojos de Joel se inyectaron de sangre, los brazos se inflamaron de fuego.

–¿Qué has dicho? ¡Qué pinga has dicho!

–He dicho –dijo subiendo los ojos al nivel de los suyos–, que Norma no es tu hija.

–Te voy a matar hijo de puta. Te voy a matar.

–No es tu hija.

–Habla chucho que no te escucho, habla chucho que no te escucho, habla...

–¿Qué?

–A ti que te importa. Eres un singa'o. Eres un compinga. Te voy a matar pedazo de hijo de puta. Me has resinga'o la vida. Me has jodido. Me has condenado. ¡Te voy a matar! –gritó y se alzó con todas las fuerzas que pudo acumular, con toda la furia que explotó en secuencia en su interior, con toda la rabia que olvidó. Gritó y gritó con toda su energía, con toda su materia, con toda su alma y las enfermeras lo oyeron y salieron corriendo hacia su habitación y lo encontraron jadeando, dando puñetazos en el aire y patadas a la pared.

Insaciable

Insaciable, insaciable mujer
No te basta con amar y amar
Siempre quieres, siempre quieres mucho más
Tú no tienes cuando acabar

Por más que te abrazo
Por más que te beso
Siempre pides más y más
No te bastan mil noches para amar
Insaciable, insaciable mujer

Me conformo con besarte
Una y muchas veces más
Tú me mimas y me abrazas
Y yo te quiero amar

Me conformo con mirarte
Cuando vienes y vas
Cuando me dices
Solo tú y yo y nadie más

Insaciable, insaciable mujer
No te basta con amar y amar
Siempre quieres, siempre quieres mucho más
Tú no tienes cuando acabar

Por más que te abrazo
Por más que te beso
Siempre pides más y más
No te bastan mil noches para amar
Insaciable, insaciable mujer
Insaciable, es mi mujer

Composición de Chicho Valdés

Acroagonina

Margot se enteró al día siguiente cuando Chicho, antes llamado Joel, era una especie de resto entumecido en una camilla fría y distanciada. El electroshock había borrado la furia, el dolor, e incluso a Zacarías. Una cabeza borradora no borra cabezas, sino que desordena las partículas ferromagnéticas en una cinta magnética. El borrador de cabezas destruye información, borra todos los recuerdos de aquellas personas que no parecen estar en pleno dominio de sus facultades mentales. El borrado produce un electrosueño confortable donde la coherencia e inteligibilidad tienen, en apariencia, mejor futuro.

Ugo Cerletti, descubrió el electrochoque o, dicho de forma más amable, la terapia electroconvulsiva, gracias a los cerdos y a su deseo de comerlos. Quería comprar una pieza de carne y el tendero le invitó a pasar a la parte trasera del establecimiento donde, en un pequeño matadero, se lo prepararían. El carnicero, antes de sacrificar al cerdo le aplicó una descarga eléctrica a modo de anestesia. El cerdo se desplomó entre convulsiones y Cerletti, por alguna razón que solo él hubiera podido explicar, relacionó erróneamente que la epilepsia era capaz de inmunizar a la esquizofrenia y que, si generaba ataques compulsivos, vía electrocución o, dicho de forma más amable, choque eléctrico, podría tratar a los esquizofrénicos.

Lo probó en ratas y animales y luego en un vagabundo detenido en múltiples ocasiones por subirse en distintos trenes sin billete y después de aumentar y aumentar la intensidad del choque, consiguió que aquel hombre perdiese los celos patológicos que padecía sobre su esposa e incluso que, un año después, consiguiera trabajo. Para justificar la cientificidad del método de anestesia del carnicero a sus cerdos, Cerletti sugirió que, durante la electroconvulsión, el cerebro produce una sustancia revitalizante en oposición a la enfermedad mental que denominó acroagonina. A pesar de que ningún científico pudo jamás identificar o aislar tal molécula esquiva, la electroterapia de Cerletti sigue produciendo electrosueños en cualquier hospital psiquiátrico del mundo donde haya un enchufe a la corriente, una máquina de alto voltaje y una persona que no parezca estar en pleno dominio de sus facultades mentales.

Chicho sabía lo que era, todos habían visto a Jack Nicholson, en *Alguien voló sobre el nido del cuco*, atado a una mesa retorciéndose de dolor mientras le administran un tratamiento, en apariencia, inadecuado y cruel, a pesar de estar totalmente cuerdo. Él y Pacheco y G, y quizá Margot y Duna, sabían lo que era; pero solo él había sentido en su propia masa encefálica lo que era a pesar de no estar de acuerdo, de no haber sido consultado, de no haber firmado documento de consentimiento alguno. Todos recordaban aquella película excepto Chicho; a él se la borraron, a él le habían afectado el proceso temporal de reconsolidación de la memoria.

Cuando Margot llegó, Chicho, que como Groucho Marx nunca olvidaba una cara, había hecho una excepción y no, no estaba encantado de hacerla.

Pacheco estuvo allí con él todos esos días, como solía hacer en cada nuevo episodio. Llamó a sus hermanos, pero ninguno acudió. Todos estaban demasiado ocupados, enfadados, estresados, etc.

Llamó a Duna y ella se acercó y sintió tanto miedo a borrar sus buenos recuerdos de Joel que, aunque volvió, aunque devolvió la llamada, aunque no lo olvidó, no volvió a pisar el hospital. Llamó a Margot, todos y cada uno de los días que ella no pudo ir, todas y cada una de las veces que tuvo un parte médico. Escribió a G, una extensa carta cargada de preocupación y desamparo. Más que acroagonina, el cerebro de Chicho secretaba acroagones, una sustancia hipotética asociada a estados extremos de trastornos sistémicos conducentes a la muerte; aunque ningún científico pudo jamás identificarla o aislarla.

Chicho luchó en silencio contra sus demonios en aquellos breves períodos de luz y consciencia, apagados por esos largos períodos de oscuridad y silencio e inconsciencia. Así pasó el tiempo, en el que todo pareció desvanecerse en su cabeza, todo consiguió apagarse como cuando se apagan las farolas para despedir la noche, pero no amanece.

Para que la tierra dejara de temblar

Margot sabía que algo, de alguna manera, se había roto y no había consolidado o taller de reparación que tuviese los planos o las piezas para recomponerlo. A veces los objetos rotos adquieren nuevas funciones, algo para lo que nunca fueron diseñados o creados; pero las almas rotas carecen de esa propiedad constructiva. Los cuerpos desechos buscan la manera de progresar con lo que tienen; el cerebro busca nuevas conexiones para restablecer cierta "normalidad" o "naturalidad", por complejo que sea definirlas. Sin cerebro da lo mismo brazos y piernas atléticas, hombros robustos o barrigas similares a tabletas de chocolate; da lo mismo tener lengua, nariz, orejas, ojos; da lo mismo todo. La disfunción neuronal tiene ese carácter vegetal, sólido, estático.

Durante aquellos largos meses, Norma entendió que su padre, el hombre más inteligente del mundo, el más fuerte, el más gracioso, el más talentoso, no pasaba por su mejor momento. Lo entendió porque ella tampoco podía acostumbrarse a vivir sin él, porque tener distintos educadores, asistentes y entrenadores personales no era lo mismo que tenerlo a él. Su padre pasaba a otra fase de jubilación que ella no podía explicar con palabras, pero entendía de la manera más clara, precisa e inhumana. Ella lo necesitaba y él no podía estar. Ella sabía que él querría estar y no cómo lo necesitaba.

Norma soñó muchas veces con aquella niña desconocida que su padre no pudo salvar. Norma se ahogó muchas veces y se salvó otras tantas porque conseguía despertarse a tiempo. Despertaba sobresaltada y empapada por aquellas olas que prometían volver una y otra vez. Margot la llevaba con ella, a esa mitad libre de la cama y la abrazaba para absorber su humedad y sus miedos, para ceder su calor y conservar la cordura, para que la tierra, como cantaba REM, dejara de temblar:

Porque tu cabeza está temblando
porque tus brazos están temblando
y tus pies están temblando porque la tierra está temblando

Margot no quería actuar como si todo estuviera bien, no quería recoger a Chicho para decepcionarlo. Algún día le darían el alta. Algún día regresaría. Y ella no quería perderse en su mundo. Ella no quería que Norma se perdiese en su mundo. Ella había pensado que Joel cambiaría y lo hizo, pero no como ella pensaba. Ella debería haber sabido que Chicho no cambiaría. Ella no quería que le hiciese daño. Ella no quería que le hiciese daño a Norma. A veces las cosas no son como uno cree. A veces las cosas no son como uno quiere. A veces todo sale mal, cuando puede salir peor.

Nado al mundo en cien días

Chicho recuperó cierta movilidad. Podía ir al baño e incluso darse algún paseo por el pasillo o por el lobby e interactuar con otros que, como él, vestían con batas blancas, iban sin ropa interior, a veces con poca o ninguna intimidad, dormitaban o levitaban y, en definitiva, lo menos que querían, deseaban o pensaban era interactuar con nadie. Bastante tenían con todos los que, sin vestir con batas blancas, bien arreglados y perfumados, mejor despiertos y prestos, paseaban por los escasos pasillos de sus cerebros.

Margot, la Señora, era lo mejor que Chicho había tenido en su vida antes de que trajera a Norma; pero él no podía satisfacerla; él no podía ser recíproco; él ni siquiera podía imaginar el futuro con ella. Eso dolía, como duelen todas las muertes de cada felicidad, como rasga lo imposible, lo que aún prometía. Pero lo que le torturaba, mordía, embalsamaba y estremecía era la simple idea de imaginar la vida sin Norma. A la ausencia de Margot podía acostumbrarse, como pudo acostumbrarse a la ausencia de la Gorda, pero a la ausencia de Norma no conseguiría sobrevivir. Fuera o no hija suya, no podría superar su ausencia, su silencio, su desaparición. A veces, las desapariciones virtuales son más dolorosas que las físicas. Son intensas, mayúsculas, demoledoras porque el dolor es esférico: llega de todas partes, duele más en cada parte, y no se rinde, no se gasta, no se agota. Solo mata.

Chico no recuperó el habla. Dejó de hablar. Ya sabía como se sentía. No hacía falta contárselo a nadie. Por mucho que hablara, poco o nada podría resolver y suponía un esfuerzo descomunal, comparable a subir al Everest o atravesar el Sahara o nadar la vuelta al mundo en cien días.

G le contó una vez, muchos años atrás, su sueño más recurrente y no lo olvidó; por alguna extraña razón no lo olvidó; a pesar de los sueños, no lo olvidó. Iba a una casa, a ver a una amiga en Miramar. Todas las calles están despejadas y soleadas. No hay un alma así que no puede preguntar a nadie si esta cerca o lejos, si va en la dirección correcta o equivocada. Él camina a través de aquellas infinitas y cálidas calles guiado por su intuición hasta que da con la casa. Allí hay mucha gente. Es una fiesta. Han quedado para verse a solas, pero la casa está llena de gente y apenas puede verla. Solo puede disfrutar de una fiesta a la que no ha sido invitado.

Según un viejo proverbio chino, solo aquellos que no se pierden una fiesta conocen la verdadera soledad; aunque, la soledad, no se conoce en las fiestas. La soledad se trae puesta de casa, como un traje demodé o un abanico de plumas o una bandada de pájaros en la cabeza. Allí están todos, sin saber muy bien si festejan una bienvenida o una despedida, o ambas cosas. Hasta allí llegan elefantes y culebras, peces y pájaros y duendes y criaturas del bosque. Llegan como si la principal misión de su vida fuese estar de fiesta. Nadie dice hola, ni adiós. Ninguno se va, ninguno sabe cuál es el momento correcto para marcharse; porque todos saben que, si no pierden la cabeza no están de fiesta, si no saben disfrutar de la fiesta nunca sabrán disfrutar de la vida; porque todos intuyen que la vida es una gran fiesta y que, solo por eso, no pueden perdérsela. Todos hacen lo que pueden porque festejar, como escribió Robert Byrne, es un sufrimiento dulce.

G sabe irse. G sabe cuál es el momento correcto para marcharse; para él la vida no es una gran fiesta ni la soledad, un sufrimiento dulce. Se va sin despedirse, como si no se hubiera ido. Es de noche. Ahora las calles son más estrechas y serpentean entre casas y edificios como un gran laberinto del que no consigue salir. Esta llena de gente y de fiesta. No sabe qué celebran, ni se celebran algo. Todos están ahí, copa o vaso en mano, sin bailar, sin hablar, como una foto de un sufrimiento dulce. Elefantes y culebras, peces y pájaros y duendes y criaturas del bosque, copa o vaso en mano, decorando la noche con su soledad. G camina y camina y regresa a los mismos lugares y aunque pregunta y le responden, no es capaz de salir de allí. Está atrapado en un laberinto en el que todos celebran algo tan grande como desconocido, en el que todos aprenden la verdadera soledad. Está atrapado en una fauna que ha perdido la cabeza, que intuye que están de fiesta y no pueden perderse ese sufrimiento dulce.

Chicho siente que su cerebro es un laberinto en el que las ideas, como G, no encuentran salida. Es una gran fiesta a la que no ha sido invitado. Él, con su traje demodé, con su abanico de plumas, con su bandada de pájaros, con su improvisada fiesta sufre, un sufrimiento solitario y agrio. Él no solo no puede olvidarse, sino que no puede cambiarlo. Él está atrapado en un bucle en el que todo es estrecho y serpenteante y no puede salir, por mucha gente que decore su soledad. Chicho, a diferencia de G, no sueña. Él vaga por su laberinto despierto, incapaz de soñar porque todos saben que ha perdido la cabeza.

Margot lo vio así muchas veces, vagando por esos laberintos sin salida. Lo vio perderse y también encontrarse. Ella sabía como comportarse. Ella era enfermera, aunque estuviera destinada en otro pabellón todo lo lejos que la prudencia sugería. Ella sabía no abandonarlo. Chicho inició su camino de vuelta a trompicones, dando tumbos, giros, vueltas, pero encontró la salida y allí estaba Margot esperándole.

Había llegado hasta allí en varias ocasiones, pero esa vez nada le confundió. Era Margot. Ella le abrazó. Duna también estaba allí, pero no la vio; como si estuviese en otra puerta y él en otro pasillo. Él la miró, todo lo directo que pudo, todo lo que sus fuerzas le permitieron y lloró. Lloró sin que Margot supiera por qué.

Tic, tac

Pasaron muchos días hasta que Chicho artículo su primera palabra: *Norma*. Después le siguió la frase: *¿dónde está?*, y a continuación una pregunta: *¿por qué?* Margot no entendió la pregunta. No la primera, Norma estaba a salvo, sino la última, y lo miró con extrañeza en un intento de localizar de dónde provenía esa duda. ¿Por qué... qué? Las pausas entre palabras y frases, incluso la acentuación fonética, parecían más de un lector automático defectuoso que de un ser humano medio. ¿Por qué... qué?

Margot se acercó todo lo que pudo a su boca en un intento de minimizar su esfuerzo. *¿Por qué... qué?*, le preguntó.

–¿Por qué... mentiste? –Margot se llevó las manos a la cara, a la cabeza, al pecho. «¡Dios mío!», tiritó y esas dos palabras soportaban el peso de un camión de culpa, de una tonelada de miedo, de un carguero de incertidumbre. ¿Qué contestar a eso?, ¿tiene sentido contestar a una pregunta sin sentido? El reloj parecía tener prisa. *Tic, tac. Tic, tac*–, ¿por qué... no dijiste... que Norma... no es hija mía? –terminó Chicho de vomitar incorporándose, todo lo que pudo, hasta que sus ojos estuvieron a la altura de los suyos. Su boca babeaba, sus dedos temblaban, pero sus ojos permanecían inmóviles, abiertos, estupefactos.

Margot decidió levantarse y correr y alejarse de allí y de él todo lo que pudiera, todo lo que le permitiera; pero no tuvo tiempo, Chicho le agarró por un brazo. Ella no podía irse sin dar una explicación. Norma era su vida. Tiró de ella todo lo que pudo; pero su cerebro daba órdenes confusas que las manos y los brazos obedecían con torpeza, con equivocación, con error. Le agarró fuerte. Margot gritó, pidió auxilio todo lo que pudo y unas manos le taparon la boca y le rodearon el cuello.

Un grupo de gente con batas de todos los colores irrumpieron en la habitación. Unos se ocuparon de las manos, otros de los brazos, algunos de las piernas y, una vez inmovilizado, una vez liberada su presa, una enfermera se ocupó de su cabeza. Le inyectó algo para elefantes y ballenas; algo que él conocía a la perfección; algo que abría la puerta a un túnel largo y sinuoso en forma de laberinto del que era imposible escapar.

Esta vez le aislaron; le arroparon con una camisa de fuerza y lo clausuraron en una habitación a prueba de cañonazos y balas. Una jaula gris con olor a sudor muy diferente a esas blancas acolchadas que salen en las películas. Lo redujeron en cuerpo y mente, en un espacio físico y virtual; lo limitaron hasta el punto de confundirse con culebras, peces y pájaros y duendes y criaturas del bosque, hasta la dimensión más profunda de la insignificancia. Lo orientaron hasta perderlo en un larguísimo túnel sin luz, ni balcón, ni ventanas.

Ay, amor

Ay, amor
Que vives en mis entrañas
Ay, amor
Adonde me vas a llevar

Vivo
Una extraña pasión contigo
Que me quema
Que me arrastra
Que me queda

Ay, amor
Te quiero con el alma
Déjame vivir
De tu calor

Composición de Chicho Valdés

Firme aquí

Ni siquiera hizo falta que Margot denunciara la agresión en persona; demasiados testigos y expediente y currículum. *Firme aquí*, le ordenaron y ella firmó sin plena consciencia de lo que manchaba; pese a las veces que facilitó la rúbrica de otras manos. Ella firmó, sin esa claridad que merece leer la letra pequeña de cualquier documento, una "acusación" de maltrato. Chicho, a pesar de su estado, "había atentado contra su vida", había intentado matarla y esa, esa es una acusación muy grave, muy cara, que proyecta una sombra muy ancha y muy larga y muy negra, de esas que agarran más fuerte que una mano y aprietan mucho más que un brazo.

De alguna manera, Chicho, sin saberlo, cambió de categoría. Allí todos estaban jodidos, pero, parafraseando a Orwell, algunos estaban más jodidos que otros; algunos eran más peligrosos que otros y de cierta manera, algunos eran más bajos que otros. Todos juzgan sin ser jueces, ni dioses, ni capacitados. Todos portan un derecho moral superior a cualquier vacuna o medicamento que establece una jerarquía ética en la ya complicada escala de degradación psíquica. Todos le ven con otros ojos, lo tocan con otras manos y no le escuchan. Poco o nada importa lo que tenga que decir. Poco o nada importa si se retuerce su lengua o sus tristes circuitos neuronales.

La denuncia "informal" de Margot se convirtió en mucho más que una muerte civil "formal"; aunque no fuera consciente. Margot reaccionó con todo el conocimiento aprendido a palos, paliza tras paliza, por su viejo "maltratador". Aquel forcejeo activó alguna película en su memoria que ninguna cabeza borradora pudo borrar. No pensó en el futuro, pensó en el presente. Chicho no pensó ni en el presente, ni en el futuro; solo en un posible pasado que algo había encajado en su cerebro como un vidrio roto; aunque no fuera consciente. La inconsciencia juega malas pasadas sin distinguir víctima o verdugo. Por eso, cuando se pierde la razón... se pierde todo.

Duna no pudo verle y Margot no suplo explicarle. Era difícil separar lo que pasó de lo que cree o recuerda que pasó. Todo fue rápido y confuso. Todo fue un poco real, un poco irreal, un poco surreal. Chicho jamás le había hecho daño; ni en palabras, ni en miradas, ni en sueños (con independencia de su carga eléctrica). Chicho no era Chicho, era solo algo a medias entre un hombre, un zombi y un muerto. Ella lo sabía, pero él le apretó el brazo, el tórax, el cuello. Sintió miedo, aunque no estuviera segura de si se trataba de un nuevo miedo, de uno antiguo o de la mezcla de ambos. Sintió mucho miedo, pavor, pánico, espanto. Sintió todo eso junto y por separado, concentrado y peligroso. Era difícil controlar la parálisis, mucho menos la histeria.

Dijo que le atacó y ni siquiera hacía falta que le pusiera un dedo encima. Dudar de su paternidad era como bombardear a una aldea de floricultores. Dudar de su fidelidad era pisotear su dignidad. Pero él era el padre y no era aquel que dudaba mientras babeaba, intentaba componerse y apretaba con una fuerza insólita. Margot ni siquiera podía explicar de dónde provino la desconfianza, pero era difícil. Es harto complicado saber si fue Chicho o Joel o ambos, quien infringió el daño.

Ten paciencia, le aconsejó Duna. *Sabes que él nunca haría algo así.* Pero Margot no podía tener paciencia y una mano, fuera de donde fuera, apretó su brazo, y un brazo, daba igual de a quién pertenecía, apretó su tronco y unas manos, que quizá pertenecieran al mismo brazo que apretó al suyo, apretó su cuello.

Ella sabía lo que era la asfixia y no le daba ningún morbo; nunca supo, ni sabría, el significado de hipoxifilia, hipofixiofilia o asfixiofilia. Una mano sobre su cuello, salvo raras excepciones, encendía todas las alarmas y provocaba, incluso sin que los dedos apretaran, una muerte súbita.

No lo sabe

Meses después, cuando le habían borrado la mente lo suficiente, cuando no era capaz de matar a una mosca, a Chicho le dieron el alta médica. Siempre le habían trasladado del hospital a su casa en una ambulancia; por cortesía del Ministerio del Interior o de las Fuerzas Armadas, es difícil distinguirlos; sin embargo, esa vez, Pacheco tuvo que alquilar un carro que le costó un riñón y la mitad del otro. *Eran tiempos difíciles*, intentó explicarle un capitán con bata de médico, y Pacheco no entendió a qué dificultad se refería o qué podía ser más importante que tratar con dignidad y respeto a sus veteranos de guerra, a una víctima de sus guerras. Lo hizo por su amigo, preguntándose qué habría pasado si no pudiera hacerlo; lo hizo, aunque este apenas notara la diferencia entre el marco de su ventana y la de su habitación medicalizada.

La desconexión entre la realidad y su percepción de la realidad era más que evidente. Fue como si recogieran un bulto en un lugar para trasladarlo a otro con una excepción: no hacía falta cargarlo o estibarlo. El bulto andaba solo; a duras penas, pero con cierta autonomía. Duna estaba esperándoles, aunque a sus ojos fuera un mueble nuevo o alguno del que no tenía conciencia. En cuanto pudo, cuando tuvieron un mínimo de privacidad, Pacheco la llevó al balcón y le contó, con un hilo de voz apenas perceptible, las últimas noticias:

—Nunca lo había visto así. ¡Tan mal!

—¿Por qué le han dado el alto?

—Porque para ellos ya está bien; ya está lo suficientemente bien para que desocupe su cama —Duna tragó como pudo la reflexión de su amigo—. La cogió por el cuello... a Margot. Dicen que intentó ahorcarla.

—Ella no dijo eso.

—Pues lo firmó.

Margot declaró que le había agarrado por el brazo, por el tórax, por el cuello, pero todo se resumió en un intento de ahorcamiento que, no fue a peor, porque lo hizo en un hospital psiquiátrico, atiborrado de pastillas y cargado de voltaje como una pila de pH 6.

—¡Dios mío! —exclamó Duna en búsqueda de consuelo.

—Pero eso no es lo peor —«¡Que no es lo peor!, ¿qué puede ser peor?», pensó llevándose las manos a la cabeza—. Lo peor es que puede ser que pierda la custodia de Norma y...

—¡Y!

—Que no lo sabe.

En ese tipo de "cosas" da igual que sepas volar, nadar y correr, da igual que seas avispa u oveja negra, da lo mismo si comes candela o mierda; los niños son sagrados y Margot, Margot no era enfermera y punto. Margot no trabajaba allí como podría trabajar en cualquier otro hospital, incluso no psiquiátrico. Margot era, como una vez sospechó Joel, agente del Departamento de la Seguridad del Estado. Todas las enfermeras que trabajaban allí eran del DSE. El que movía las sillas de ruedas de un lado a otro, el que cogía el teléfono, la que limpiaba, el que cambiaba una bombilla, el que manejaba la ambulancia, el que regaba el jardín y cortaba el césped. Todos los trabajadores de aquel hospital psiquiátrico de estado eran agentes de la seguridad del estado. Todos cumplían doble misión. Todos vigilaban mientras eran vigilados.

Aquel hospital era un subdepartamento del Departamento de la Seguridad del Estado y era uno de los más importantes; era secreto y estratégico, era donde iban a parar muchos de los residuos de la seguridad del estado: tropas de élite, boinas o avispas negras, infiltrados y también ministros, cuadros del partido y de la revolución. Era una especie de cloaca del estado que no debía apestar, ni hacer ruido cada vez que tiraran de la cadena. Margot, en la cadena alimentaria ideológica, ocupaba un lugar superior y privilegiado. Si su estabilidad mental estaba en tela de juicio, él no podría encargarse de Norma, Margot sí. En definitiva, era su madre.

Había otro plan que Pacheco, Duna, Chicho e incluso Margot, desconocía: si el ex, maltratador de Margot, seguía molestando le quitarían del medio. En caso de molestias "graves", que pusieran en riesgo la integridad física de ambas, cárcel. En cualquier otro caso, alejamiento, lo que consistiría en otorgar a Margot no solo la custodia legal de la niña, sino la posibilidad de vivir en la casa de Chicho y este, tendría que buscar donde mudarse.

No lo sabe, repitió Duna en su cabeza. «¡Dios, apiádate de mí!», pensó; aunque Dios no haría nada.

Solo sin soledad

Apenas una semana después del regreso de Chicho a su casa, Pacheco tuvo un percance que complicó su situación sanitaria a corto plazo; geográfica, a medio plazo y existencial, a largo plazo. Una tía abuela cayó gravemente enferma en Cárdenas y tuvo que ir a atenderla. Él era el único candidato de su familia apto para acompañar a su tía abuela en su último viaje, pese a que su tía abuela no lo había visto nunca.

–Bróder –le dijo–, tengo que dejarte por un tiempo. –Chicho lo miró con el mismo interés con el que veía al tiempo pasar a través de su ventana clausurada. –Es por una tía abuela –dijo mirando al suelo porque, aunque Chicho lo ignorara en ese tiempo, Pacheco solo quería decirle que tenía que quedarse solo, tomar la medicación, cocinar, limpiar, hacer los mandados y un largo etcétera del manual nunca escrito de amo de casa, por un tiempo indefinido. Pacheco solo quería decirle que sabía que era incompetente, que de esa lista solo se quedaría solo, que no tomaría la medicación, ni cocinaría, ni limpiaría, ni haría los mandados, ni una larga lista del manual nunca escrito del desahuciado. Pacheco solo quería pedirle perdón por no acompañarle en su último viaje, en caso de que su tía abuela demorara lo justo para emprender el suyo. Eso le dijo y se fue sin mirarle a la cara y cerrando en silencio la puerta tras sí. Ningún vecino podía hacer nada. Ya bastante tenían con "lo suyo" como atender a un loco peligroso y asesino.

Pacheco se fue con lágrimas en los ojos y culpa en toda su alma, pero se fue; "otras tierras del mundo reclamaban el concurso de sus modestos esfuerzos". Se fue y cayó la tarde y llegó la noche mientras buscaba cómo salir de La Habana y llegar a Cárdenas y, pese que apenas le separan unos cien kilómetros, llegó al día siguiente cuando salía el sol y caía el día. Su tía era un mueble encima de otro mueble en forma de cama. La casa apestaba. La desgracia y el infortunio es similar, con independencia de su localización geográfica. Los problemas del alma se parecen en tamaño y peso, con independencia del tamaño, peso y edad de quien los padece. La "cuidadora" a sueldo salió corriendo nada más verlo. Él se quedó llorando sin lágrimas, frente a su tía más muerta que viva, por su amigo también más muerto que vivo preguntándose si, de alguna manera, no había comenzado a morir y cuándo. Eso hacía cuando sonó un teléfono. Era su madre preocupada por su viaje. Habló tres frases cortas y secas, colgó y, a punto de apagarse, se le encendió la bombilla. Podía llamar a Duna.

La conversación fue menos breve, aunque más alentadora. Duna no podía dejar solo a su amigo, con todo lo grande que encierra esa pequeña palabra de solo cuatro letras. Chicho no era una bolsa de basura que pudieran echar en el tanque del vecindario. Era más que eso, era un despojo que vivía a la intemperie, en su tambuche privado, en su estercolero particular. Ella debía rescatarle, salvarle, auxiliarle. Ella estaba obligada a hacerlo; por mucho que nadie le obligase. Nada más colgar salió corriendo a "su" Iglesia de Reina y le suplicó al cura toda la compasión necesaria para salvar a su amigo. La Parroquia del Sagrado Corazón de Jesús y San Ignacio de Loyola, más conocida en la capital cubana como Iglesia de Reina, no podía hacerse cargo en exclusiva del asunto, aunque sí se ofreció a acogerle durante el día y darle cobijo durante la noche, de manera excepcional y provisional, en una especie de Policlínica Docente. A Duna no le iba a faltar apoyo. A Chicho no le iba a faltar ayuda.

Duna lo trasladó esa misma tarde en uno de esos coches americanos repletos de desconocidos por unos cincuenta pesos. Chicho entró en aquella imponente Iglesia por primera vez en su vida, pese a las tantas veces que había pasado por su puerta, miró sus imponentes vitrales y vio luz; algo de luz le quemó los ojos y alcanzó parte de sus entrañas.

–Gracias –le dijo e intentó abrazarle, pero sus brazos no recibieron la orden correcta y permanecieron a ambos lados del cuerpo como si fueran torres que apuntalaran el vacío. Duna sonrió, agarró su mano y le llevó a una pequeña estancia, llena de libros, donde podía permanecer sin que nadie le molestase, donde podía estar solo sin soledad.

El duelo de sí mismo

Chicho no regresó a su casa. Pacheco no regresó a la suya. Duna apenas regresaba para dormir y seguir rezando por Chicho y por Pacheco y por todo aquel que lo necesitara. Poco a poco la vida regresó a cierto estado de equilibrio mejor que peor, más llevadero y respirable. Chicho empezó a hablar y a aceptar su derrota. No sabía con exactitud por qué, aunque sí que, de alguna manera, algo terrible había sucedido por lo cual no podía ver a Norma, ni a Margot. Chicho empezó a leer y a creer que con el tiempo todo llegaría a un estado de equilibrio mucho mejor en el cual podría volver a ver de nuevo a Duna. Solo necesitaba tiempo y disciplina, eso creía, para recuperar ese algo perdido que se llevó todo. Se necesita tiempo para olvidar palabras como siempre o nunca o absolutamente. Se necesita tiempo para la negación, la rabia, la negociación, la depresión y, por último, la aceptación. Chicho hacía duelo de sí mismo, sin saber que estaba muerto, ni su fecha de defunción porque lo peor, la mayoría de las veces no es lo que ha pasado, sino lo que va a pasar; no es el pasado, sino el futuro; no es lo conocido, sino lo desconocido.

Duna llamaba a Margot, no tanto para informar por el estado de salud de Chicho, sino más como una prueba de tranquilidad. Chicho no era violento y ella actuaba como una especie de certificado de fe de vida.

Ella sonreía y transmitía reposo, quietud, certeza. Duna no era Margot, tampoco Norma, pero sí alguien importante en su vida. Lo sabían, a pesar de las distancias. Algo les conectaba en algún recoveco oculto a la vista de todos. Chicho jamás le infringiría daño, como tampoco lo haría, como tampoco lo hizo, a Margot o a Norma. Los daños fueron colaterales. Margot habría debido saberlo sino hubiera estado tan asustada. Pero las cosas solo progresan hacia adelante. Todo lo que pasó, con o sin una explicación mínimamente plausible, pasado estaba. Solo podía ser recordado u olvidado.

Norma preguntaba por su padre todos los días, muchas veces al día. Margot le mentía: *está de viaje*, en lo que creía un acto piadoso de ocultar un acto dudoso. La insistencia de Norma explicaba su descreimiento. Nadie como su padre puede viajar a ningún lugar, sin despedirse, ni jurar una fecha de regreso. Tenía cinco años, pero no debía subestimarla. Ella se limitaba a castigarla con las mismas preguntas: *¿Dónde está papá?, ¿cuándo voy a verlo?, ¿por qué no me llama?*, etcétera; un largo etcétera más grueso y más largo que un látigo. Norma era su peor castigo, su penitencia; pero ella quería protegerla, aunque no supiera con exactitud de qué; ella quería mantenerla a salvo, aunque no supiera con exactitud de quién. Norma y su padre estaban conectados por un cable más fuerte y más largo que un látigo.

El ex, maltratador de Margot, no fue a la cárcel. Las molestias no fueron lo suficientemente "graves". El peligro no fue tan obvio. Las autoridades protegieron a Margot de Chicho más de la cuenta, más de lo razonable. Esas mismas autoridades protegieron a Margot de su maltratador menos de la cuenta, menos de lo razonable. Margot se protegió a sí misma como pudo, con toda su fuerza y debilidad, con toda su inteligencia e instinto, con todos sus recursos, pero nunca es suficiente, nunca es justo.

Margot en su casa de Centro Habana no estaba del todo a salvo; en la casa de Chicho, en La Habana del Este, no estaba del todo en peligro. Así que se mudó. Aquella, en definitiva, también era su casa y, mucho más, la de su hija, por mucho que su padre no tuviera su custodia. Margot se mudó. Norma se tranquilizó; de alguna manera, el cambio le hizo albergar cierta esperanza. Allí estaba más cerca de su padre; en cualquier momento abriría la puerta y le abrazaría. Allí tenía su habitación intacta. Allí estaban sus juguetes y muñecas. Allí podía ver el mar, desde el banco, aunque nunca, jamás, llegara a pisarlo de nuevo.

Llegaré

De brinquito a brinquito
Poquito a poco llegaré
Hoy canto en La Habana del Este
Mañana en la Catedral
Y con un empujoncito
En el Teatro Nacional

De brinquito a brinquito
Poquito a poco llegaré
Me voy para Santiago
A Guantánamo iré
Y después de regreso
En La Habana cantaré

Subo por la Rampa
Bajando a Cayo Hueso
Y allá en La Habana del Este
Allí te esperaré

De brinquito a brinquito
Poquito a poco llegaré
Llegaré, llegaré

Dando brinquito llegaré
Dando brinquito llegaré
Dando brinquito llegaré

Llegaré, llegaré
Dando brinquito llegaré

Composición de Chicho Valdés

Uno toca el arco y el otro el violín

La tía abuela de Pacheco tardó en marcharse más de lo esperado, más de lo razonable y Pacheco tardó en volver. Allí pasó mañanas, tardes, y noches preguntándose qué había hecho él para merecer aquello, por qué su familia le había castigado; pero sabía la respuesta. No podían perder la propiedad de la tía abuela a la que nunca había visto y él era el único que, en ese preciso momento y oportunidad, estaba disponible. Pacheco no conseguía trabajo de ningún tipo como si estuviera en una lista negra escrita con pintura indeleble. Su conato de huida del país pesaba no como una sombra, sino como un cíclope. Así funcionaban las cosas por la Isla. La calle era para los revolucionarios y ese era el peaje que debía pagar por usarlas. Una vez que lo intentas, no puedes más que no dejar de intentarlo; así funciona la máquina de hacer disidentes.

A Pacheco no le importaba la ideología; él tenía sus propias ideas que, más o menos equivocadas, más o menos politizadas, eran humanas. Él quería vivir de la música, convertirse en una especie de mánager. Él quería viajar medio mundo. Él quería beber un vino menos agrio que el suyo. Él quería que todos los que le rodeaban y los que no pudiesen tener sus ideas, pudieran vivir de su trabajo, viajar medio mundo y realizar sus sueños. Pero la máquina de realizar sueños había sido traída desde Moscú sin planos y no había piezas de repuesto, y tampoco energía donde enchufarla.

Por fortuna se llevó la guitarra de Chicho y el reproductor de MiniDisc y pudo escuchar y sacar nuevas canciones y tocar a Maslíah.

Yo soñé que todo el mundo era un error
y que había que pasarle corrector.
También sueño diarios impresos en papel de estraza
para envolver mejor.

Sueñan los nenitos que van al jardín
que uno era Silvestre y el otro es Piolín.

Anteayer soñé que yo estudiaba inglés
en un libro todo escrito en japonés.
Y mañana voy a soñar que estudio jeringoso
pero todo al revés.

Cuando en esta tierra de nunca jamás
se oyen voces que preguntan ¿lobo estás?
Otra voz contesta "No estoy, pero, si tú me extrañas,
muy pronto me verás".

Sueñan los nenitos que van al jardín
que uno toca el arco y el otro el violín.

Pacheco soñó con soñar y soñó que eso le hacía mejor y también que su hermano Chicho soñaría como él y que juntos tocarían el arco y el violín y que él se pedía ser Piolín y que Chicho sería Silvestre y soñó que estudiaría "av abuc", pero todo al revés. Soñar, era lo único que, de momento, no estaba prohibido y allí, en Cárdenas, lejos de todo y de todos, pudo soñar, aunque solo fueran *sueños de papel*.

Pacheco soñó que él podía arreglar aquella máquina de sueños y que, junto a su amigo Chicho y a su amigo G, algún día podrían encontrar sus planos, y las piezas y el tomacorriente donde enchufarla. Pacheco soñó que soñarían; pero no electrosueños, sino sueños, a secas.

Sueñan los nenitos que van al jardín
que uno es el principio y el otro es el fin.

La tía abuela se fue sin prometerlo y Pacheco regresó y abrazó a su amigo y a Duna y a Norma y a Margot. Se podría decir que volvió a soñar. A partir de entonces todo sería como nunca fue: mejor y para que así fuera abrazaba a su amigo y a Duna dos o tres veces por semana y a Norma y a Margot, todos los días.

Habla chucho

Chicho había recuperado una extraña vida donde no extrañaba su antigua casa y donde, de cierta manera, se encontraba en paz consigo mismo; como si un edificio a punto del derrumbe hubiera sido apuntalado por un solo lugar, pero justo "el lugar" preciso que le impediría derrumbarse. Extrañaba a Norma, todos los días, todas las horas, todos los minutos, pero la extrañaba como si estuviera de misión en un viaje largo y necesario. Norma era una especie de medicación de la que dependía en forma de pensamiento. Solo tenía que pensar en ella para sentirse mejor; para ajustar las velas de su barco y seguir manteniendo el rumbo que le llevaría a buen puerto, aunque aún no supiera ubicarlo con exactitud.

Chicho sabía que, brinquito a brinquito, llegaría. El largo y sinuoso camino le llevaría a una puerta. Duna alumbraba su camino para que no se extraviara en sus laberintos. Duna secaba los charcos de lágrimas para que no resbalara. Poquito a poco llegaría, dando brinquitos llegaría. No tenía ninguna duda. Pacheco le devolvió su guitarra y su MiniDisc y sus cartuchos y Chicho, poquito a poquito, volvió a escuchar y a tocar y a componer. En poco tiempo Chicho Valdés acompañó al coro de la parroquia con la guitarra y arregló canciones de esperanza y escribió canciones de amor.

Zacarías regresó. Él también estuvo de viaje y perdido, pero volvió, pese a que nadie le esperaba, nadie le necesitaba, nadie le quería. Sin embargo, Chicho lo ignoró. Aprendió a ignorarlo. Él aparecía y se aburría. No hay nada peor que la indiferencia. La sola indiferencia es peor que el desdén o el desprecio; quizá por ser más inteligente o más sana. Chicho aprendió que, aunque estaba allí, no debía oírle, ni darle crédito. *Habla chucho que no te escucho.*

El chucho de Zacarías hablaba, no se callaba y para mostrar su rabia silbaba, cantaba todo lo desafinado que podía letras de canciones que loaban la revolución, que despreciaban al amor, letras de canciones carcelarias que invitaban a la venganza y al crimen, letras de canciones que invitaban a tratar como perras a las mujeres, como lo putas que habían sido. Zacarías era un chucho sarnoso insoportable al que Chicho, de alguna manera, domesticó. No porque le obedeciera, sino porque él no era capaz de obedecerle. El chucho sarnoso y rabioso, pulposo e infectado de Zacarías, seguía ladrando sin atender a quien ladraba. Le contó que Margot le había quitado la casa. Le contó que Pacheco iba demasiado a verla, que intentaba mirar debajo de su vestido y encima de su escote, que se empalmaba con su presencia, que apenas salía de aquella casa que ya no era suya. Le contó que su hija no le quería y que todos sus besos y abrazos eran, ahora, para el tío Pacheco. Le contó que Pacheco se masturbaba en su baño oliendo cualquier cosa femenina que encontrara, aunque fuera una íntima. Le contó todo aquello y más, y mucho más, y Chicho le ignoró. *Habla chucho que no te escucho. Habla chucho que no te escucho. Habla chucho que no te escucho.*

Duna no lo pasó por alto. Duna supo que Chicho había ganado una gran batalla a sus demonios porque, aunque estuvieran ahí, ya no podían hacerle daño. Fue como si se hubiera inmunizado.

Nunca supo si la inmunidad fue obra de sus oraciones, de su medicación, de su vida en el templo. Nunca lo tuvo claro pero sí, que lo que fuera de todas aquellas posibles causas o cualquier combinación de ellas, le devolvió la sonrisa, las ganas de vivir y de seguir. Chicho, en definitiva, había venido al mundo *pa' comer candela.*

Lo mejor para los tres

Pacheco convenció a Margot para que Chicho pudiera ver a su hija. Le prometió que estaría presente, que ocurriría a más de diez kilómetros de la costa más cercana y a más de una milla de cualquier cosa cortante, puntiaguda o desconocida. En realidad, no fue demasiado difícil porque Margot quería, de alguna manera, que esa unión no se rompiera; por el bien de Norma y por el de su ahora ex. Su conexión se había roto definitivamente. No firmaron ningún papel para establecerla. No hizo falta ningún otro para romperla. Ni hizo falta diálogo para definirla. La conexión hija-padre, Norma-Joel, era tan fuerte como el primer día, pese a esos días peores que otros. Norma necesitaba tanto a Joel como Margot requería de agua y alimentos para mantener sus constantes vitales. Joel necesitaba tanto a Norma como Margot exigía alimentos y agua. Eran algo indisoluble que ella no quería, ni tenía el derecho de romper. Margot accedió y se vieron.

Se vieron en zona neutral, como esos lugares donde se firman tratados de paz. Se vieron en un parque al aire libre lejos del mar y de cualquier cosa cortante, puntiaguda y desconocida. Se vieron en el parque de la fraternidad como si ese nombre fuera importante en la ecuación. Chicho llegó una hora antes de la prevista; Norma, con cuarenta y cinco minutos de antelación.

Se abrazaron y besaron y hablaron y jugaron; incluso comieron pizza y tomaron helados y olvidaron todo ese vacío temporal que los separó artificialmente. Chicho le dijo que había vuelto de ese supuesto viaje (era parte del trato); que, en principio, no tenía previsto un viaje así de largo a corto plazo y rieron y fueron felices sin que nadie sospechara que aquel padre y su hija, que aquella hija y su padre, habían estado separados por tanto infortunio. El vínculo ni se reforzó, ni se reactivó; no hizo falta. Esa conexión siempre estuvo ahí, intacta.

Cuando se fueron, Chicho abrazo a Pacheco de una manera que hubiera levantado sospechas en cualquier mente perversa.

—Gracias mi hermano —le dijo—. Gracias por devolverme a mi hija. No lo olvidaré nunca.

—No hace falta. Tú sabes que eres mi hermano, que esa niña es mi sobrina y que, además —dijo ya a punto de lloriquear con la voz rota y los testículos arrugados—: me siento muy orgulloso de que así sea.

Chicho le dio varias palmadas en los hombros y en la espalda y hasta en la cara, era algo que hacían cuando todo era muy distinto, mientras Norma saltaba de un lado a otro esperando por el tío.

—Gracias, cuídalas mi hermano. Cuídalas a las dos —le dijo y Pacheco sintió cierta sospecha en aquella inofensiva frase corta.

—Bróder... —empezó a decir.

—No tienes que justificarte ni pinga. No me importa si te singas a Margot o no. Ni me siento mal por eso; al contrario, si así tiene que ser... prefiero que sea contigo —dijo mientras le daba los últimos toques de cariño y corría a Norma con una sonrisa de oreja a oreja para besarla por última vez ese día.

Norma saltó sobre él a horcajadas, le besó todo cuanto pudo para que acumulara todo el amor del que fuera capaz, para que el peso de su próxima cita fuera lo más leve posible. Se besaron, se besaron, se besaron y cada uno corrió hacia donde debía, en sentido contrario.

Zacarías se lo había dicho, que Pacheco había dormido en la cama con Margot, pero Chicho, inmune y resistente, no solo lo había encajado, sino que hasta le había encontrado el lado positivo. Él quería a Margot, mucho, muchísimo. Ella era su Señora y madre de su hija. Pero él podía seguir queriéndola de manera diferente. Ella podía reinventarse en otros sentimientos igual de inofensivos. Zacarías incluso le había contado el progreso de aquellos encuentros con Pacheco; su amigo trabajador social, dispuesto a ayudar sin interés a cualquier mujer necesitada de amor. Quizá Margot estuviera necesitada de amor o de sexo, daba igual, y nada mejor que fuera él quien estuviera cerca de su hija y no otro. Pacheco sería un buen padrastro.

Lo que Chicho no sabía era que, aunque Pacheco estaba desesperado por engancharse de cualquier parte perteneciente a la región limítrofe carnal de su Señora, no se atrevió y que, aunque Margot necesitaba más un abrazo que otra cosa, tampoco se moría porque fuera de Pacheco. Nunca pasó nada a pesar de que, si hubiera pasado, quizá hubiera sido lo mejor para los tres.

Creo que esto es la felicidad

Por aquellos días de "felicidad", G le escribió y Chicho le respondió y resumió en una sola frase lo que podía considerarse la mejor noticia de todo el año.

`Mi hermano, creo que esto es la felicidad.`

Después le escribía que su mundo parecía darse la vuelta de nuevo, aunque el mundo "afuera" siguiera estando al revés; algo que G interpretó como una especie de retorno a determinada "normalidad". Que Chicho y Joel se hubieran reconciliado era una gran noticia. Que Pacheco propiciara la vuelta de Norma a la vida de Chicho fue sin duda, una reafirmación para esa normalidad y felicidad. Nada podía ir mejor y Chicho decidió que debía cantar también fuera del templo; aunque, por alguna razón que no podía explicar, se hallaba "vinculado", esa fue la palabra que usó en la carta, de una manera "especial" a ese lugar. Quién sabe si debido a Duna, o debido a una cierta recuperación de la fe, o a "sentir" que, de alguna forma, se hallaba en una especie de espacio que conectaba mejor el cielo y la tierra.

Chicho había regresado al mundo de los vivos y lo sabía porque su percepción de la realidad ya no era plana; había cierta perspectiva donde fijar su atención o no. Zacarías siguió molestando, como solía hacer con chirridos o silbidos, o metiendo cizaña. Siguió inventándose escenas eróticas de Margot; siguió insistiendo de su actividad como doble agente; incluso insinuó que Norma estaba siendo entrenada como agente de la seguridad del estado para llegar hasta donde hiciera falta, pero él siguió ignorándolo. Él podía cantar sin que le faltara el aire hasta el último verso de *Corriente Alterna*, sin sentir odio, ira, o algún otro sentimiento paralizante.

ya nadie puede verte ya no sos
más que una tenue sensación
un sutil, fugaz coloración
en las baldosas de ese corredor
y la portera ya subió
      trayendo el balde con el secador
      le digo doña deje por favor
      y me contesta no señor
      el corredor lo tengo que limpiar
      y yo le explico que te va a borrar
      si pasa el trapo por ahí
pero ella cree que me enloquecí
no sabe nada de lo que yo vi
y un golpe de agua con jabón
te lleva entera junto a la ilusión
de averiguar un día en qué vagón
viaja el secreto de tu corazón.

Margot fue borrada. Chicho no enloqueció; por el contrario, ese deseo de "averiguar un día en qué vagón viajaba el secreto de su corazón" se desvaneció. Tampoco supo si la portera limpiadora fue Duna o el templo, o los medicamentos, o Norma. No hubo más desesperación, ni corriente.

Chicho estaba tan recuperado que pudo volver a casa, pero no lo hizo. Rogó al cura que le dejara seguir por allí ayudado y ayudando. No necesitaba dinero. No le importaba dormir en una cama pequeña y dura. No necesitaba comer más de lo que allí le ofrecían. Solo necesitaba amor. Él creía haber encontrado ese delicado equilibrio entre dar y recibir.

Duna y Chicho siguieron amándose, Dios mediante; con independencia de lo que significaba o fuera Dios para cada uno. Chicho aprendió que podía ser feliz, independiente y lo cantó donde quiera que le dejaron y se planteó ir en serio, en conquistar el escenario cultural. Él, como Syd Barrett, había mirado en sus sueños y había visto lo absurda que era esa supuesta vida que supuso era la realidad. Él miraba la realidad y veía lo lógico que era esa supuesta vida que supuso eran los sueños. Ahora solo quería tocar la guitarra para cantar su resurrección.

Conocí

Conocí
En la vida el amor
Conocí
La tristeza y el dolor

Y vi
Una estrella en el cielo
Tan lejana
Para mí

Conocí
El odio y el rencor
Conocí
La codicia y el temor

De vivir
Una vida sin amor
De vivir
Solo, sin una ilusión

Hoy
Hoy es diferente
Hoy

Tengo decisión
Tengo un hijo
Tengo la pasión
Aferrado a la vida con amor

Conocí
La miseria en la gente
Lo material, lo espiritual

Conocí
La soledad de las almas
Conocí, te conocí

Composición de Chicho Valdés

Ada

Ada era muy blanca, demasiado blanca; más blanca que la nieve o la porcelana, caucásica y extraña. Era todo lo extraña que puede ser una extranjera. Su forma de hablar, de vestir y de entender las relaciones llegaban de las antípodas del trópico en forma de milagro. Apareció en medio de esa resurrección, en medio de una misa y en medio de cierto equilibrio entre dar y recibir. Se quedó por allí haciendo fotos hasta quedar a solas con Chicho. Hablaron en su rudimentario castellano, con sus gestos grandes y redondos, cantaron canciones de Silvio y The Beatles y salieron; lo hicieron una y otra vez hasta que, en vísperas de su regreso le besó. *Eres increíble,* le dijo y también que tenía la sensación de haber ido hasta allí solo para conocerle y que había merecido la pena. Chicho se emocionó. Le gustaba de verdad la teutona; le encantaba su risa, su piel tan tersa, su desinhibición, sus dimensiones.

En ese viaje, en esa primera vez, no hubo sexo; solo una especie de terapia que devolvió a Chicho la noción de sexo. Tenía algo allí debajo olvidado que reaccionó. Ada era un soplo de aire fresco en medio de una calima persistente, una boya en plena marejada para marcar una ruta al puerto, una sensación a violeta, novedad y futuro.

Ada se fue pensando en qué había de realidad de aquel sueño. Podría no ser la única. Cuando hay hambre y necesidad la picaresca se sofistica hasta alcanzar lo magistral. Sus amigas le habían advertido. Sin embargo, ella sentía que toda su experiencia había sido verdadera; también que la olvidaría, que se enmohecería como cualquier pared en la isla, que se apagaría cuando el avión se alejara lo suficiente. Pero no fue así. Le escribió y recibió respuesta; nada exaltada, nada sobredimensionada, nada impostada. Se escribieron cosas banales, graciosas; como pequeños memes personales con forma de texto. Se tantearon como algo que no querían echar a perder, como algo posible e interesante. Se despedían con un pequeño abrazo, un beso y después con un te quiero, creo que me estoy enamorando, te echo de menos, te extraño. Se comportaron como dos adolescentes que maduraron demasiado tarde.

Ada conocía el sufrimiento en primera persona. Su marido falleció de cáncer y fue terrible, mucho más horroroso que el padecimiento que supone una larga y penosa enfermedad. Ella supo cuidarle y sentía, en alguna parte de su corazón, que podía y debía cuidar de aquel desconocido exótico. Fue un sentimiento que surgió camuflado con otros de afecto, incluso amor, hasta esconderse lo suficiente para desaparecer y ordenar e imponerse desde quién sabe dónde al resto. Pocos quieres compasión; ni los que la padecen, ni los que la sufren, pero la misericordia tiene más de práctica que de sentimiento. Surge como una obligación, como un reflejo a repetir la bondad. Muchos quieren ser buenos porque la redención tiene algo de recuperar lo perdido y de liberación de uno mismo en el sufrimiento o castigo de otro. Ella estuvo confusa porque sabía con exactitud su forma, su color, su peso.

Ada decidió pensar menos y sentir más; dejarse llevar. Así, en aquellos momentos en que su cabeza dejaba de imaginarlo, su piel comenzaba a sentirlo. Ella también necesitaba amor. Todos necesitamos amor y Chicho, era el amor.

Pobreza, obediencia y castidad

Duna también sabía de misericordia, de compasión y de fe. Su relación con Joel primero y con Chicho después, sin embargo, estaba limpia de misericordia, compasión y fe. Sus sentimientos eran diáfanos, puros, en el más auténtico sentido cristiano. Chicho no lo sabía, aunque lo sospechaba: Duna era virgen. Lo suyo era la santidad. Duna, entre la familia y la gente, eligió la gente. Ella sería de todos y de nadie y para que así constara, se convirtió en monja y tomó sus votos: pobreza, obediencia y castidad.

Chicho no entendió, con exactitud, qué cambiaba. Duna era pobre, era obediente y casta, ¿para qué más? No obstante, no opinó. Él era consciente, desde que la conoció, que lo que fuera que hubiera entre ellos dos no cambiaría. Él le llamaba amor platónico. Ella prefería idilio. Para los dos era una conexión especial que no valía la pena intentar explicar o contaminar; algo destinado a una consumación virtual y un sentimiento real y, quizá por eso, eterno.

De alguna manera monacal, Duna ya estaba casada con Chicho y él lo recitaba, como aquel Maslíah que fue en busca de una flor de margarita para saber si la quería y no encontró ninguna, pero sí una que no conocía y se puso a deshojarla y después de unos cuantos versos llegó a esta conclusión:

Yo te quiero tanto, yo te quiero, tonta,
Yo te quiero, tómalo o déjalo
Yo te quiero en contra de mis sentimientos
Yo te quiero y no te estoy hablando de amor.

Run for your life

Chicho pudo ver a su hija con frecuencia. Se podría decir que Pacheco y Duna facilitaron la relajación de Margot. Norma estaba fuera de peligro. No de ese peligro violento, ejercido a consciencia, no. Estaba libre, todo lo que podía estar cualquier persona, de un peligro fortuito, aleatorio, accidental. Tomadas las precauciones de alejamiento cautelar de cualquier fuente de peligro, Norma estaba a salvo porque su padre, no era peligroso.

Margot era consciente y habría tomado la iniciativa de devolverle la custodia, pero Chicho, aunque estaba dado de alta, seguía siendo potencialmente inestable. Margot sabía que aquella mano o brazo que apretó su brazo, tórax y cuello, no pertenecía a Joel; sabía que la orden fue un error del sistema. Lo sabía, pero aún recordaba aquel apretón y sentía el mismo pánico. Recordaba ese gesto y su cuerpo temblaba y eso le llevaba a recordar otros hechos en los que su ex se cebaba con ella.

Margot nunca se lo contó a Joel, pero ella sabía de violaciones. Lo aprendió con su propio exmarido. Él quería sexo. Ella no quería nada. Él usaba su fuerza y la sometía. Ella lloraba e intentaba limpiar su dignidad y la mugre no se iba, aunque se sacara sangre con las uñas.

Él tenía más fuerza que ella, incluso más que la que ella buscaba sin frutos para clavarle unas tijeras en el pecho, para cortarle el cuello con un cuchillo, para aplastarle el escroto con un alicate o un martillo.

Cuando Joel escuchaba a The Beatles cantando *Run for your life* junto a Margot:

Corre por tu vida, pequeña niña, si te atrapo con otro hombre será el fin, pequeña niña.
Prefiero verte muerta que con otro hombre.

Todo parecía ir bien porque ninguno de los dos sabía inglés, pero Margot sentía cierta incomodidad, una desazón que no podía explicar ante el bienestar de Joel. Un desasosiego que se repetía en *Getting better*, cuando McCartney cantaba: *solía ser cruel con mi mujer, la golpeaba y la alejaba de las cosas que amaba*, y en *Maxwell's Silver Hamer* con eso de: *bang clang, el martillo plateado de Maxwell cayó sobre su cabeza, bang clang, el martillo plateado de Maxwell se aseguró de que estuviera muerta*. ¡Qué canciones más buenas!, pensó toda una generación y la siguiente y la siguiente. ¡Qué talento!, a pesar de la desconveniencia, de la irritación, de la molestia, de la ansiedad.

Joel nunca violó a Margot, ni a nadie. Él sabía que no es no, sin que nadie se lo hubiera enseñado. Hay cosas que no deberían aprenderse. No debería aprenderse a usar esa fuerza connatural como algo antinatural. Sí se debería aprender a controlar cualquier exceso o demasía que pueda degenerar en atropello, abuso o desorden. Nadie debería correr por su vida.

Chicho siguió aprendiendo a controlar lo que, por alguna razón ajena a su voluntad, se descontroló en un momento dado, como se parte en dos un árbol cuando le cae un rayo.

Pacheco siguió visitando a Norma y a Margot y terminó más de una vez en su cama. Fue quizá por casualidad, quizá por error, pero ambos eran adultos y Chicho, para alivio moral de su mejor amigo Pacheco, ya tenía novia. Sucedió como un día sucede a otro, con la naturalidad de los cambios que no producen cambios, sin cambios de fase ni tormentas eléctricas. Sucedió hasta que, en una ocasión, los amigos tuvieron una disputa estúpida, por la guitarra.

–No ha sido mi culpa –se defendió Pacheco.

–¿Cuál de ellas? –preguntó su amigo pensando en una alteración no autorizada de "su" guitarra–, ¿a cuál te refieres? No tenías ningún derecho.

–Claro que tengo derecho –se defendió Pacheco pensando en acostarse con Margot–. ¿Acaso piensas que soy menos que tú? –Al principio Chicho lo miró con extrañeza. «¿De qué cojones está hablando?». –Perdiste mi hermano, perdiste.

Chicho sintió estupor, rabia, traición, dolor, vejación y un montón de sentimientos abyectos y no pudo controlarlo. Le pegó un puñetazo que lo tiró contra el suelo, un golpe que casi le mata; de esos aprendido con las avispas negras, de esos usados en la guerra, de esos que saben dar los verdaderos revolucionarios del Che. *Mátalo, mátalo,* gritó Zacarías. Pacheco intentó ponerse de pie con la cara ensangrentada, pero no lo consiguió. Chicho se acercó para terminar la faena, para destrozar a su adversario, pero no lo hizo. Una voz infantil aterrorizada lo detuvo. *¡Papá!, ¡Papá!* Una voz que sonó como un rugido del arrecife.

Es un malentendido

Ese fue la última y equívoca vez que Chicho vio a su hija y esa fue la última imagen que tuvo su hija de él. Los errores son así a veces: irreversibles. Todo fue un malentendido que generó una cadena de malentendidos. En lo legal, él no tenía la custodia, ni ciertos derechos, pactos no escritos de buena fe entre ambos. Margot, aunque debía darle el beneficio de la duda, también debía proteger a su hija. Chicho, aunque debía darle explicaciones a Margot, no entendió qué relación podría tener un "problema" entre amigos con ella o con su hija. Para Chicho, como escribió Jandy Nelson en *Te daré el sol*, la realidad era aplastante y no podía soportarlo. *El mundo es un zapato tamaño equivocado*. Poca gente es capaz de leer bien el pensamiento. Ni siquiera los psicólogos o psicoanalistas son capaces de leer bien las señales. Los mal entendidos suelen disfrazarse de problemas abstractos, imaginarios, proyecciones incorrectas de la realidad en la psique de un acto equivocado que degenera en el mayor mal. *La razón*, escribió Elias Canetti, *tal y como nosotros la entendemos, es un malentendido*.

Pacheco declaró la guerra a Chicho. Chicho declaró el silencio a Pacheco. Ninguno de los dos se lo contó a G; ambos sentían profunda vergüenza. Ninguno sabría qué contarle, ni justificar razón alguna.

Aquel ataque, que no acabó peor gracias a Norma, fue uno de esos actos insignificantes capaz de empezar una guerra nuclear de la que nadie sobreviviría. Chicho ignoró a Pacheco; lo sentó junto a Zacarías en la silla de pensar. Pacheco olvidó a Chicho; lo metió en el cajón para desagradecidos donde apenas cabía un alfiler. Ninguno escribió su nombre en un trozo de papel y lo puso a congelar. Ninguno quiso hablar más del tema por respeto al otro y por esa larga tradición que les unía. Ninguno quiso ventilarlo. Fingieron que no había pasado, aguantando el dolor infringido. Quizá así se borrara algún día o serían capaces de borrarlo.

Ada preparó su regreso a La Habana, a Chicho, nada más llegar y no solo eso: empezó a maquinar la posibilidad de sacarlo de allí, aunque fuera de vacaciones, aunque fuera una temporada, aunque ni siquiera lo habían hablado. Se lo dijo en una breve llamada telefónica y él aceptó. Él, el que nunca había pensado en irse, el que se quedaba con su Somatón, se dejaría llevar. Chicho, el ex avispa negra, el ex combatiente internacionalista, el ex tropas especiales, el ex compañero, el ex padre, el ex amigo, el ex persona, se dejaría llevar a donde fuera, se dejaría alejar todo lo lejos posible de allí, aunque eso significara alejarse de Duna. Él haría todo lo que tuviera que hacer para facilitar ese alejamiento sin pensar siquiera en lo que podría significar ese acercamiento. Ada no esperaba nada "específico" de él y sería difícil. No estaban casados. No eran familiares. No tenía pasaporte. No tenía dinero. Era un posible emigrante. La lista podría ser interminable, pero Ada no entendía de rendiciones. El NO ya lo tenía. Todo lo demás era un reto. *¿Qué pasa si sale mal?*, preguntaban sus amigas. *¿Qué pasa si sale mal y no se quiere volver? ¿Qué pasa si está contigo por interés? ¿Qué pasa si te hace daño?* La lista podía ser igualmente interminable. En estos casos nadie se pregunta: ¿qué pasa si sale bien? Los finales felices son menos populares.

Si sale bien, solo es necesario dejarse llevar. Si sale mal, es imprescindible dar la vuelta a todo. Es como remar a favor o en contra de la corriente. Se trata del mismo recorrido, pero no del mismo esfuerzo.

Ada no pensaba remar en contra; algo le decía que todo iría bien. Chicho, o quizá Joel, no pensaba en remar en contra; algo le decía que nada podía ir peor. Él solo quería dejarse llevar y se equivocó. Siempre se puede estar mejor y también peor.

Canto

Canto vanidoso
Con el trueno y la candela
Trabajando duro
Me he pasa'o la vida entera

Canto vanidoso
En la esquina con cualquiera
Yo he venido a este mundo
Pa' comer candela

La gente me critica
Ve las cosas a su manera
Y cada cual se defiende
Como sea y como pueda

Yo te aconsejo mi hermano
No te metas en problemas
No sea que salga cojo
O con la lengua fuera

Yo canto vanidoso
Con el trueno y la candela
Yo la paso bien en una esquina con cualquiera
En una esquina con cualquiera yo la paso bien

Canto vanidoso
Con el trueno y la candela
Trabajando duro
Me he pasa'o la vida entera

Canto vanidoso
En la esquina con cualquiera
Yo he venido a este mundo
Pa' comer candela
Yo he venido a este mundo
Pa' comer candela

Composición de Chicho Valdés

No había nada

Margot cruzaba la calle con Norma. No había tráfico. No había nadie; solo un carro ruso parado a un lado de la acera bajo un sol que rajaba las piedras. En La Habana del Este, a cualquier hora, todo parece muerto, pero a esa hora, todo suele estar muerto. Ni siquiera corre aire, solo calor y silencio. No hay pájaros, ni lagartos, ni sombras. Solo luz que produce quemaduras de algún orden. No había nada. Solo una madre cruzando la calle con su hija y un LADA estacionado a unos veinte metros.

Margot no escuchó cuando rugió el motor. No lo vio venir hacia ellas. Norma tampoco. Ella solo intentaba zafarse de su madre tirando de su manita sudorosa. Nadie vio nada. El coche les embistió como una bola de demolición a un edificio, como un tsunami a un pueblo de pescadores, como un tifón a una pequeña balsa, como un dragón a una mariposa. Solo hubo un ruido seco que ni siquiera el conductor escuchó. Un sonido como el que produce una bomba en el vacío o un avión al chocar con el mar o el latido de un corazón al ser electrocutado. Todo tembló, aunque nadie le diera importancia.

No hubo ruido de neumático al frenar sino al huir; un chirrido que dejó unas marcas negras en el asfalto encima de la sangre. Dos cuerpos desfigurados quedaron tirados uno al lado del otro con dos manos sudorosas muy cerca una de la otra. La policía llegó media hora más tarde; la policía y una especie de sanitarios y también un médico forense. Los cuerpos seguían en la misma posición. El charco de sangre había crecido y espesado. Los rostros estaban desfigurados. Según el informe pericial médico forense: se establece etiología médico legal de la muerte de tipo violenta homicida. El impacto del vehículo provocó, según los resultados de la autopsia, múltiples traumatismos en la base de ambos cráneos, insuficiencia respiratoria grave, hundimiento frontal (lo que provocó una hemorragia interna), ruptura de la arteria temporal y paro cardíaco. La muerte fue instantánea.

Duna entendió que toda la secuencia que acabó con sus vidas se concentró en un tiempo inferior a su consciencia y lo agradeció y rezó por sus almas. Chicho no entendió nada. En su mente no había nada. Su corazón se rompió sin la hemorragia necesaria para colapsarle. Sus pulmones se contrajeron sin la insuficiencia necesaria para ahogarle. Su muerte no fue instantánea. Chicho quedó atrapado bajo un tanque cargado de explosivos para siempre. La secuencia de su muerte se cebaría en un tiempo superior a su consciencia y lo maldijo y gritó por sus almas. Y no encontró el detonador. No pudo conseguir que toda esa monstruosidad estallara de una vez y por todas.

RIP

Duna organizó el funeral en la parroquia. G quiso volver, pero los trámites para renovar su pasaporte le impedían llegar a tiempo. Pacheco le abrazó y lloró y Chicho se dejó abrazar y pudo llorar más, porque estaba seco. Así fue su modesta reconciliación. Así acabó todo. Duna y G estaban dentro de Joel, pero Pacheco estaba en el mismísimo epicentro. Ellos estaban conectados por algo más que un cable de acero o un tubo de oxígeno. Hay hechos que borran otros hechos por trágicos, por descarnados, por catastróficos. El desastre tiene jerarquía; a veces lo más terrible solo es algo superfluo, banal, sobrante. Se abrazaron para salvarse o morir juntos.

Margot y Norma no eran católicas. Nadie supo si tenían fe o cuánta fe tenían. No dio tiempo o no fue lo suficientemente importante. Tampoco nadie lo leyó de algún informe de la seguridad del estado. Nadie lo sabía, pero su muerte acabaría como un viaje del alma al cielo. No hubo extremaunción. No dio tiempo, ni lugar; pero era todo lo que Duna podía ofrecer y Joel aceptó sin cuestionar, ni meditar, ni sopesar. Los féretros fueron trasladados a la Parroquia del Sagrado Corazón de Jesús y San Ignacio de Loyola, más conocida en la capital cubana como Iglesia de Reina, por cortesía del mismísimo párroco, quien recibió los cuerpos, hizo uso de la liturgia de la palabra, ordenó la eucaristía y una espléndida encomendación a Dios antes de la última despedida.

A continuación, se dirigieron al cementerio donde se celebró el rito de la sepultura, sin ningún contratiempo. Siete días después, que a Joel le parecieron seis años, el párroco ofició la primera misa de difuntos posterior al entierro y rezó por el descanso eterno de los fallecidos. Joel jamás tendría descanso. Solo asistieron los mismos. Un mes después llegó G, justo para ofrecer sus condolencias.

Al ex maltratador, ahora asesino múltiple, lo detuvieron ese mismo día. El impacto le causó hemorragia intracraneal, hemotórax y hemopericardio, además de múltiples contusiones. Darse a la fuga, no le sirvió de nada. No tuvo tiempo de salir de La Habana del Este. Perdió la conciencia y se estrelló contra la pared de la vetusta gasolinera. Él moriría también, en un paredón de fusilamiento, si no lo hacía en el mismo hospital o en la cárcel; pero eso para Joel, era algo insignificante. Estaba tan cansado que solo quería justicia, no venganza.

Todos esperaban que Joel recayera, que Zacarías volviera a atormentarle, que se perdiera en el limbo, una vez Margot y Norma hubieran alcanzado al cielo, pero no sucedió. Para sorpresa de todos, se comportó como en sus tiempos más lúcidos, como si no hubiera pasado nada y esto, esto les preocupó mucho más.

Como si la tierra o el mar se lo hubiera tragado

Durante aquella corta y extraña semana, G estuvo muy cerca y vigilante de él. Joel quiso regresar a su casa en La Habana del Este y G se mudó con él durante aquellos días. Había llegado solo, justo para apoyar a su amigo. Había llegado destrozado, justo para ayudar a recomponer a su amigo. Había actuado sin pensar en la cantidad de apoyo y recomposición que necesitara su amigo. Joel siguió esta vez como si nada hubiera ocurrido, como si los hechos hubieran sido otros y no pudiera ver a Norma y a Margot por las diferencias que ya conocía.

Joel intentó recuperar a Chicho y lo consiguió. Siguió componiendo y tocando y cuando, esa misma semana, Pacheco vino a despedirse de los dos, le deseó la mejor suerte del mundo, la misma que hubiese querido para él y más. Pacheco se iba del país y esperaba que, esta vez, el plan no fallara. Allí ya acumulaba más malos recuerdos que buenos. Ya era hora de intentarlo de nuevo o de fracasar de una vez por todas. En definitiva, no es posible morir un número indefinido de veces. Pacheco despareció en la noche y en sus vidas y nunca más se supo de él, como si la tierra o el mar se lo hubiera tragado.

Ada le escribió a Chicho entusiasmada por sus progresos. Había conseguido la carta de invitación y todos los permisos necesarios para que pudiera viajar. Solo faltaban los trámites que debía hacer él en La Habana; pero, a sabiendas de su frágil situación, había contactado con una agencia para que se encargaran. En resumen, Chicho solo necesitaría firmar donde le indicasen. La tal agencia era una especie de servicio encubierto que ofrecía una fundación de solidaridad; además de otros como la organización del viaje que llevó a Ada a La Habana. Desde luego "las cosas" en Alemania funcionaban de manera muy diferentes a las de Cuba (se podría decir que funcionaban, a secas, sino fuera por ese sesgo colonial mediante el cual una rueda pequeña del primer mundo era capaz de mover una rueda gigantesca y atascada en el tercer mundo) y Ada sabía cómo y dónde pulsar el botón, sin que pareciera extraordinario, ni contrarrevolucionario, ni enemigo (teniendo en cuenta que Alemania no era la República Democrática Alemana y que Ada era oriunda de Bonn; esa ciudad alemana del estado federado de Renania del Norte-Westfalia, que fue la capital de la República Federal de Alemania hasta la reunificación del país en 1990).

Chicho no le contó nada, absolutamente nada, de lo sucedido; porque, en realidad, no había sucedido. No había nada que contar. Él debía salir y comprar aquellas cositas que Norma necesitara y traerle los bombones que no había probado en su vida y juguetes brillantes, lleno de colores y plumones para pintar y un largo etcétera emocionante. Trabajaría allí, en lo que fuera, para poder cumplir su sueño y todo volvería a cierta normalidad.

G se fue con el contacto de Ada, pero no se atrevió a llamarle. No quiso estropear los excelentes planes de su amigo. Se verían allí, en Alemania. Los traería un tiempo con él, a España. Los llevaría a Portugal, que está muy cerca, y quizá a Italia o Francia o a los dos.

Tomarían una cerveza juntos y brindarían por la vida, siempre la vida. Cuba podía hacer con Cuba lo que quisiera; algunos se la llevan consigo; otros la dejan donde está para poder volver; otros la borran, con toda la electricidad que puedan acumular de ella.

Todo estaba vacío

Joel no creyó que la gente eran autos, como el Sr González de Maslíah; ni máquinas, como él. Tuvo que comportarse como un robot y cumplir con la primera y la segunda ley de Asimov para no levantar sospechas, ni suspicacias. Como el Sr González, tuvo que *adoptar la costumbre permanente de eludir a la gente, de esquivarla siempre.* La gente veía el mundo distorsionado. Pero él debía mantenerlo en secreto o a raya, como mantenía a Zacarías, para no hacerles daño. Joel vivía solo en su casa de tres cuartos vacíos, con un salón vacío y un comedor y un baño y una cocina vacía. Todo estaba vacío, también las ollas y sartenes, el refrigerador y la cama, y el colchón y también el pomo donde guardaba el champú.

Afuera todo estaba igualmente vacío, pero él debía mantenerlo en secreto. La gente se había vaciado y distorsionado; incluso la atmósfera estaba vacía. Él sabía que necesitaba de una escafandra para respirar; como si estuviese debajo del mar, porque debajo del mar él sí podía respirar. Él sabía que necesitaba zapatos de plomo para caminar porque sin gravedad ascendería y él podía volar. Era su secreto que, como el Sr González, supo ocultar hasta pasar por uno de los suyos. Él estaba integrado en aquel mundo vacío, pero él quería cantar: en la Catedral, en el Teatro Nacional, en Santiago, en Guantánamo, en la Rampa y Cayo Hueso y, hasta el momento, solo había conseguido hacerlo en La Habana del Este.

Él estaba lleno y, como un faro, un OVNI o una medusa cósmica, emitía señales veinticuatro horas. Él lo intentó, a pesar de todo; lo intentó utilizando todas las técnicas aprendidas en Tropas Especiales, en el batallón de élite de Avispas Negras, en la guerra de Etiopía. Él lo intentó, a pesar del vacío.

Ada cree que Joel puede cantar en Bonn, en el Altstadt, y encontrarse con Ludwig van Beethoven para que él mismo le muestre sus partituras originales e instrumentos y quiere que escuche el órgano en la Iglesia de San Remigio, y quiere fotografiarle en la Bonner Münster, con la bufanda azul añil que le ha comprado, y enviarle la imagen a su amiga Duna, y también desayunar en Markt(platz) y luego comprar frutas y verduras para una cena romántica alumbrada con velas, y quiere pasear agarrada de su mano a orillas del Rin y llevarlo a la tienda de golosinas Haribo para que pruebe todos los dulces que desee y desea que todo sea dulce. Ada estaba llena de esperanza y de optimismo y de futuro. Ada significa noble.

Joel representaba, de alguna manera, algo perdido del Altstadt, la Bonner Münster o la Markt(platz); algo exótico en Bonn y en Alemania y en Europa y en su mundo. No sabría explicarlo con las palabras adecuadas, pero Joel había despertado algo desconocido en ella; algo a medias entre el amor y la compasión; algo materno y protector; algo único.

Paraíso

Eres tu mi amor
Un paraíso en la tierra
Eres lo que soñé
Lo que tanto esperé

Pasarán los días
Los años tal vez
Pasarán tormentas
Primaveras también
Pasará el invierno y nuestro amor perdurará
Ni el tiempo, ni la muerte, nos podrán separar

Y siempre, estaré a cada instante
Como un lobo enamorado
Cada día te amaré
Más y más

Tú serás
Mi vida y mi ilusión
Siempre serás
Mi gran amor

Tanto que soñé
Esta armonía encontrar
Y ahora está aquí
Espantas mi soledad

Eres el rincón
Donde me voy a refugiar
Donde vas tú
Va mi felicidad

Composición de Chicho Valdés

Señales

G leyó el fragmento confundido:

Mi hermanito de toda la vida, me estoy
esforzando. Tiendo la cama, hago la cola para
comprar pan y lo que sea que llegue a la
bodega. Desayuno, almuerzo y como casi todos
los días, como cualquier ciudadano de este
país. Toco la guitarra entre seis y ocho
horas. ¿Tú no decías que la maestría se
obtenía tocando dos mil veces lo mismo? Pues
yo he llegado a tocar diez mil veces lo
mismo. Yo soy un maestro de maestros. Me
estoy esforzando mi hermano. Una vez te dije
que podía hacer cualquier cosa, ¿te acuerdas?
Pues eso, ahora estoy preparado para hacer
cualquier cosa.

G releyó el inició de la carta y todo el cuerpo entero muchas
veces; pero ese trozo inicial, y no el resto, le exigía mayor
atención. Le había dicho hermano millones de veces, pero
nunca hermanito. Es curioso el poder de una simple palabra;
la capacidad de disparar una señal como una bengala en medio
del monte. Esa palabra, hermanito, en sí mismo no explicaba
nada y lo contenía todo, pero G no lo leyó como es debido; no
la leyó cien veces.

En ese momento, en ese justo momento que la leyó por primera vez, Maslíah cantaba *La locura de Gutiérrez*; una canción que terminaba con una revelación.

La locura de Gutiérrez terminó
Cuando se murió
Pero nadie supo de ella
Salvo yo, porque anoche
Me la dijo un coche

Ada también recibió una carta similar, en la que no existía la palabra hermanito, ni tampoco amor, pero sí muchas de agradecimiento, muchas de esperanza, y muchas más de esfuerzo.

```
Me estoy esforzando Ada. No lo dudes. Quiero
volar y espero que sea pronto. Mientras, sigo
esforzándome por sobrellevar todo esto, como
siempre. Sigo cantando, todos los días y
espero cantarte hasta que me mandes a callar.
Un beso grande.
```

Así le tradujo a Ada su amiga sueca Birgitte. Ada hablaba castellano a nivel básico, como hablaba otros siete idiomas; ella intentó leer la carta y la leyó unas diez veces y para asegurarse llamó a su amiga y este último párrafo, en efecto, decía lo mismo que ella había leído. No hablaron de significados. Eso era cosa de Ada en exclusiva. Eso y entender qué palabras se escondían detrás de todas aquellas. A continuación, le contaba de sus esfuerzos y de que había conseguido una audición para tocar y cantar como profesional y a Ada le pareció extraño que alguien a punto de viajar hiciera tal cosa, pero, pensó: «Es lógico que se preocupe por su futuro»; en definitiva, aquel viaje era de ida y vuelta y, de ninguna manera, definitivo.

No era una carta escrita a una amante potencial, a alguien que había movido cielo y tierra para verle a él, un auténtico desconocido. No era carta de bienvenida, ni de despedida. Ada la leyó de manera literal. No tenía porqué entender más de lo que allí estaba escrito.

Duna también recibió su carta. *Tienes carta,* le avisó una hermana y, nada más leer el remitente, se estremeció. Algo no estaba bien. Llevaba al menos una semana llamándole todos los días sin que nada, ni nadie, parpadeara detrás de la línea; una línea de telégrafo defectuosa que no suena, a pesar de los golpes cada vez más desesperados y urgentes del emisor. Duna no podía salir y cruzar medio Habana para verle. Dios la necesitaba y establecía las prioridades. No tuvo el valor suficiente para escaparse.

> Mi siempre querida amiga,
> Me recuerdo en esta hora de muchas cosas, de cuando te conocí en casa de Marco Antonio.

Así empezaba aquella carta en tono jocoso, imitando la carta en la cual el Che Guevara se despedía para siempre de Fidel y recordaba su primer encuentro en casa de María Antonia y que continuaba con una inquietante línea: `Un día pasaron preguntando a quién se debía avisar en caso de muerte y la posibilidad real del hecho nos golpeó a todos.` Así empezaba y así le relataba sus esfuerzos por seguir adelante, cuando lo único que tenía que hacer era coger un almendrón o un par de guaguas y contárselo en persona, con palabras y gestos. La carta terminaba con una confesión alarmante:

> Nunca me atreví a decírtelo, pero tú eres el amor de mi vida. Me da hasta vergüenza escribirlo, pero quiero que lo sepas. No quiero llevarlo conmigo a ninguna parte. Tú eres esa estrella en el cielo, tan lejana para mí. Te abraza con todo fervor amorlucionario.

¿Por qué? ¿Por qué así? Algo estaba mal.

–Tengo un problema personal –le dijo al párroco–, necesito un día, al menos un día. ¡Es urgente!

–Duna, estamos en Semana de Pasión –fue su respuesta contundente. ¿Qué puede haber más importante que esos días en los que una madre transmite el amor infinito y el dolor inmenso por la muerte de un hijo? Duna bajó la cabeza, miró a sus pies, y al mosaico del suelo.

–Esta bien, esperaré a que termine –respondió con obediencia y sumisión. Ella dio sus votos y debía cumplirlos, por encima de todo.

> Padre, si quieres, aleja de mí este cáliz. Pero que no se haga mi voluntad, sino la tuya.
> Yo soy la servidora del Señor, que se cumpla en mí lo que has dicho.

Y se cumplió y las señales de Joel fueron dadas y G, Ada y Duna, tomaron el camino que respondía a su voluntad, pese a no entenderlas, pese a la certeza de su soledad. Joel lo había perdido todo, pero G, Ada y Duna, que estaban ahí, no podían verlo.

Ninguno de los tres podía oír, una y otra vez, cientos o miles de veces, el final de aquella canción de Leo Maslíah, *Dónde estabas*, que escuchaba Joel al escribir aquellas cartas:

y voy a buscarte sin saber
si vas a querer salir de ahí
o si yo también voy a entrar
o si de repente no estás más
o estás, pero siempre puede ser
que cuando a mí me cubra de luz tu claridad
vos te caigas en mi oscuridad.

Muerte natural

La Gorda murió de muerte natural; eso dijeron los médicos. Joel, entonces, se preguntó cómo se podía morir de muerte artificial si toda muerte era natural. Hizo una lista evanescente en su cabeza de posibles muertes naturales: infarto, cáncer, Alzheimer, síndromes múltiples, etc. (la lista puede ser infinita: cualquier cosa mortal que resulte de una enfermedad o de una disfunción interna); luego de posibles muertes artificiales: accidente, atentado, suicidio, ¿pandemia? (la lista puede ser infinita: cualquier cosa mortal que no resulte de una enfermedad o de una disfunción externa). Es difícil clasificar a la muerte. La muerte de los héroes, por ejemplo, es artificial; pero se le menciona como gloria, sacrificio, valentía, abnegación, como un gesto de generosidad infinita. El suicidio es igual de artificial; pero se le menciona como vulgaridad, comodidad, cobardía, miedo, ingratitud, como un gesto de egoísmo infinito.

Margot y Norma vivían de muerte artificial; alguna categoría extraña clasificada en la vida artificial, o quizá virtual, de Joel; en la que Zacarías entraba y salía con severas amenazas por el incumplimiento de nuevas misiones. Joel hacía una vida que se podría clasificar de "normal", sino fuera porque los robots no han sido autorizados a vivir.

Joel no haría daño a un ser humano y, ni siquiera por inacción, permitiría que un ser humano, conocido o extraño, sufriera daño. Joel cumplía y cumpliría las órdenes dadas por los seres humanos, a excepción de aquellas que entren en conflicto con lo anterior (si esto pudiera ser considerado, como hizo Isaac Asimov en el relato *Círculo vicioso*, con una primera ley). Joel debería proteger su propia existencia en la medida en que esta protección no entrara en conflicto con la primera o con la segunda ley (si aquella de cumplir órdenes dadas por humanos fuese considerado una ley).

Joel ya no era un gafe, tiñosa, malapata, cenizo, gato-negro, era eso hecho máquina, un trasto pulido y resplandeciente. Era la mala suerte tecnificada, refinada, sofisticada. Y las máquinas no mueren, aprenden a babear, corrientazo tras corrientazo, y luego babean y siguen babeando sin corrientazos, sin carga siquiera; siguen pulsando cuerdas de guitarra y siguen componiendo y cantando y siguen simulando que son personas razonables y siguen incluso teniendo aspiraciones, como la de ser un músico profesional.

A ninguna parte

El día de... le esperaban. Ese día tendría uno de esos momentos binarios en los que se definiría el resto de su existencia. Uno de esos momentos de bifurcación o cambio de fase en los que, o sigues un camino o sigues otro, pero no los dos. No valen rodeos, ni atajos, ni circunvalaciones. Solo que esa decisión trascendental no estaba en sus manos, sino en las de un jurado de "expertos". Ese jurado era el amo, dueño y señor de su "destino"; si es que se pudiera llamar así. Era ese grupo de "sabios" los que decidirían por él qué haría en los próximos días o meses, si debía quedarse o marcharse. Era ese puñado de desconocidos los que, por ese día..., tendrían el privilegio de tirar la moneda al aire, de jugar a los dados, de ser Dios.

Él se puso su mejor camisa, No tenía plancha, así que la estiró la noche de la víspera debajo del colchón, como aprendió en alguna escuela al campo, y durmió sobre ella imaginando cómo sería el futuro. Se peinó frente al espejo escaso de azogue, justo en el límite entre verse y no verse, y entonces, sucedió una anomalía. Su imagen carecía de profundidad. Su rostro se mostraba plano, como si de una fotografía se tratase. Se movió hacia los lados, primero con total suavidad, luego con brusquedad intentando engañarlo y nada. Su cara siguió como un plato vacío sin servir o lavar. Pensó que era el espejo. Rebuscó en su memoria si en aquel pequeño cuarto había otro espejo donde contemplarse. No. No tenía. Solo aquella cosa rectangular y veteada servía a tal efecto.

Salió a la calle y preguntó a la primera persona que vio si podía mirarse ante su espejo. Lo miró con extrañamiento, pero regresó a su puerta y le invitó a pasar mientras traía uno pequeño y redondo; eso sí, nuevo como una patena. *Es de la shopping*, le advirtió. Él lo tomó y se miró ante la curiosa mirada de su anfitriona. Nada. Su cara seguía plana.

–¿Ves que tengo profundidad? –le preguntó. Ella no quiso confesarle lo que pensaban muchos: que era estaba demasiado obsesionado por la guitarrita, que estaba cada vez más loco, que no se ocupó lo suficiente de su hija; pero no quiso ofenderle, ni contrariarle, ni arriesgarse. Una mentira piadosa es mejor que una verdad seca para sobrellevar la incómoda convivencia.

–Sí –dijo más con la cabeza que con la boca, sin demasiado entusiasmo.

Él volvió a hundirse en el espejo. Se acercaba, se alejaba, en una especie de *zoom* manual que nada cambiaba.

–Yo me veo plano –confesó y, ante lo absurdo de su comentario, la persona prefirió quedarse callada–. Bueno –dijo devolviéndole el espejito mágico–, muchas gracias. Hoy es un día importante –y mientras hacía una pausa, la dueña del espejito mágico pensó en si conmemoraba algo, si era su cumpleaños, o si se trataba de una fecha histórica que había pasado por alto–. Hoy tengo una audición –continuó y la persona se quedó perpleja; pero, como ni siquiera tenía claro que significaba "audición", guardó silencio mientras el "cara plana" de su vecino se marchaba–. Hoy se decide si puedo vivir de mi arte... o no –dijo, cuando se podía haber ahorrado lo de: "mi arte".

Y mientras salía con su camisa (no del todo lisa) y su pelo (no del todo peinado) y su pantalón (no del todo limpio) y sus alpargatas (no del todo gastadas), rogó porque el jurado votara en contra y no tuviera que oírle también en la televisión o en la radio y sonrió casi con una mueca y le deseó suerte agitando la mano en forma de adiós para que pudiera irse con su música a otra parte.

Él se palpó la cara varias veces y se internó en su cuarto, cogió la guitarra que le había regalado su amigo G, se miró de nuevo en el espejo vetusto y se marchó con su cara plana a la audición. Iba con tres horas de antelación.

A esa hora de la mañana las guaguas no debían ser un problema mayor; la mayor parte del ganado asalariado se movía a primera hora, pero se equivocó. Por alguna razón desconocida, las paradas estaban atestadas de gente sudorosa, obstinada, enfadada y agresiva y las calles vacías. Se preguntó si ese día justamente se había caído el gobierno o vaciado las escasas reservas de petróleo o se había "cocinado" una huelga encubierta del transporte. Nada. Nada de nada. Ni siquiera una bicicleta.

Hizo sus cálculos. Llevaba tres horas de ventaja. Entre mitad de Centro Habana y casi al final de Vedado, caminando a paso ágil, estimó que llegaría en tres cuartos de hora o, como mucho, una hora. No lo pensó dos veces. Enfiló por Neptuno hacia la Universidad de La Habana, llegaría a 23, seguiría por 12 y bajaría hasta tercera. Agradeció el diseño en grilla cuadriculada de damero de las calles y se puso en marcha. El sol golpeaba sin miseria. Solo al llegar a Infanta podía notar la humedad en su camisa, en las alpargatas y hasta en el pantalón. Poco después de Coppelia compró una lata de cerveza con los pocos dólares alemanes que le quedaban y continuó su marcha dando pequeños sorbos que se multiplicaban al salir de su cuerpo. Cuando apenas le quedaba un buchito, dos policías, igual de sudados en sus trajes apretados y oscuros, le detuvieron. *Está prohibido tomar cerveza en la calle*, le advirtieron. *No bebía*, mintió con descaro, *la recogí del suelo para cortarla y hacer una pequeña maceta*. Los policías se miraron con cara de circunstancia. ¿Qué hacer con este ser? La comisaría estaba lejos y el calor era imposible. Le marearon un poco con preguntas absurdas (ya no importaba quién decía que era), le retiraron la lata y le ordenaron que siguiera.

Había perdido media hora. Aún así disponía de dos larguísimas horas. Decidió cambiar de ruta y bajó hasta 21, una calle menos transitada y quizá, más arbolada. Casi al llegar a 12 un coche fúnebre obstruía la calle. La puerta trasera se había abierto, quien sabe si por descuido o por desperfecto, y el cadáver se había salido. El golpe contra el suelo fue tal que la caja se rompió y el cuerpo saltó al asfalto. Había poca gente, toda nerviosa, toda gritando y persignándose, toda alejándose de aquel augurio de mala suerte que nunca debió ver. El pobre chofer no sabía qué hacer. Él solo no podía devolver el cadáver a la caja y subirla al coche. Le pidió ayuda. Joel recordó a su Gorda. Recordó cuando su cuerpo enorme se salió del ataúd como si quisiera enterrarse sola y se fue de cabeza al agujero. No tenía reloj. Estimó que no debía tardar mucho si le ayudaba, si no pensaba en nada. Así que aceptó y entre los dos cogieron al cadáver. El chofer por los pies, él por la cabeza. Estaba rígido y pesaba como una meseta de fregadero. Olía a muchos tufos, todos horribles, innombrables e inolvidables. No podía aguantar la respiración todo el tiempo que durara el proceso de recuperación del cadáver. Lo intentó sin esfuerzo. Cuando el chofer cerró la puerta para continuar su camino, que suponía fuera el cementerio, pese a la ausencia de comitiva, estaba completamente empapado de sudor y peste. No tenía manera de lavarse o perfumarse. Había perdido otra media hora. Tenía apenas media hora para llegar, así que aceleró el paso intentando pensar en la audición.

Tres señoras tristes, gruesas y acaloradas le esperaban. Tres señoras inaguantables, extraídas de algún discurso apoplético. Llegó justo como si fuese inglés. *Estábamos a puntos de irnos*, le advirtió la que parecía presidenta del "tribunal"; luego hizo un gesto que se podría traducir como: *¡Qué asco!*, seguido por una arcada de hambre y sed.

El rostro de sus compañeras se contrajo como si vomitasen hacia adentro y con la mano, la confirmada presidenta de aquella comisión hizo un gesto de: *Vamos, empieza ya; que esto no hay quien lo aguante.*

Él se sentó en un pequeño taburete y cantó su primera canción. Debía tocar al menos cinco. Todo transcurrió en el silencio más ruidoso de su experiencia. Detrás de aquella mesa, aquellas expertas redondas, que ni siquiera le miraban a la cara, estuvieran a punto vomitar al unísono y tragárselo. Él intentó mantener la calma mientras sentía cómo goteaba su cuerpo, como el recinto cerrado y caliente se llenaba de un aire fétido y como sus opciones caían en picado. A mitad de la segunda canción, la más experta de las expertas le mandó a parar. *Vamos a deliberar*, dijo, *espera afuera.*

Él sabía que la decisión ya estaba tomada. Faltaban tres piezas y media. Las tres se apresuraron en salir sacudiendo las manos en forma de abanicos frente a sus caras. Él salió a la calle y, sin esperar la decisión fundamental y binaria que decidiría el resto de su existencia, regresó por el mismo camino por donde llegó, una ruta que no llevaba a ninguna parte.

Rabo de nube

Joel voló como un rabo de nube, no como Superman, sino como una conexión entre el cielo y la tierra. Se lanzó de la azotea de su edificio; su último salto, sin paracaídas. *¿A qué sabe abrazar el vacío?*, se preguntó G desde el otro lado del mundo. Él lo sintió, un sábado cualquiera, mientras desayunaba leche con cereales. En ese intervalo entre el cielo y la tierra percibió un latigazo, escuchó su risa contagiosa pero las bromas de Joel casi nunca eran bromas, sintió sus arpegios en la boca del estómago y un golpe seco de silencio le perdió.

Ese momento fue uno de esos momentos que delimitan lo que viene de lo que queda atrás, de esos trascendentales en la vida. Alguien apretó el gatillo que voló en pedazos a Joel, pero ni G, ni Duna, ni Ada, lo sabrán. Jamás lo sabrán. Hay cosas que surgen destinadas a ocultarse como una esquirla en un pulmón o una arteria.

Dicen que mientras caía cantaba:

Si me dijeran: pide un deseo
Preferiría un rabo de nube
Que se llevara lo feo
Y nos dejara el querube

Un barredor de tristezas
Un aguacero en venganza
Que cuando escampe
Parezca nuestra esperanza

Pero los que le conocen de verdad escucharon otros versos:

Quiero verte dormir Cuba

Todo el mar beberé